LE PARFUM DES FEMMES

MARIE COMPAGNON

City
Poche

Retrouvez tous les titres City Editions :

www.city-editions.com

Couverture : © Shutterstock/Studio City
ISBN : 978-2-8246-2357-3
Code Hachette : 76 5149 1

Collection dirigée par Christian English & Frédéric Thibaud.
Catalogue et manuscrits : city-editions.com

Dépôt légal : Mai 2024

À ma grand-mère,
qui s'élance toujours en chaussettes
dans les couloirs,
Et à mon grand-père,
à qui tous les prétextes sont bons
pour grimper dans les arbres...

1

Saint-Pol-de-Léon, dans le manteau de la nuit. Seul le halo d'une pâle lune ascendante donne assez de lumière pour que les arbres projettent des formes indéterminées sur les routes et les pelouses, inquiétant spectacle d'ombres chinoises. Tandis que les bouts de branche ondulent au rythme des bourrasques, un cri d'angoisse transperce soudain l'obscurité, suivi quelques secondes plus tard par un second.

Dans le grand lit, tous deux sont bel et bien réveillés par la voix qui leur parvient de l'autre côté de la cloison, feignant néanmoins de dormir. Aucun ne veut se lever. Étouffant sa culpabilité parentale, chacun espère qu'en attendant encore un peu, l'autre sera vite debout.

Camélia cède et ouvre les yeux la première, sans pour autant vouloir quitter la chaleur de la couette. Elle pousse Arthur du coude.

—Quoi ? murmure-t-il, la bouche à moitié écrasée dans l'oreiller.

—Tu n'entends pas les filles pleurer ?

—Non, non. Je n'entends rien…

Un autre cri et des pleurs montent d'un nouveau cran dans le volume sonore.

—Menteur…

— OK, j'entends. Mais c'est à ton tour d'aller voir.

Sa femme fronce ses fins sourcils :

— Pourquoi serait-ce toujours mon tour ?

— Parce que c'est toi qu'elles veulent, grommelle Arthur.

— Ah oui, et pourquoi, je te prie ? Ce n'est pas parce que je suis leur mère que tous leurs pleurs me sont destinés.

« Maman !!! » hurle de nouveau une voix d'enfant.

— Ah, tu vois. Qu'est-ce que je te disais ?

Arthur sourit comme un bienheureux : il ne va pas avoir besoin de quitter son lit avant quelques heures encore. Agacée, Camélia se redresse, bon gré, mal gré. Elle pourrait se lever dans la pénombre et se fier à ses sensations comme unique guide pour sortir de la chambre et se retrouver dans le couloir. Pourtant, en devinant le sourire béat de son époux tandis qu'elle est épuisée, elle décide que cette nuit, elle ne fera pas dans la discrétion. Elle allume sa lampe de chevet, ce qui le fait grimacer.

Quand ses pieds se trouvent en contact avec le parquet, elle regrette presque de ne pas vouloir porter de chaussons. Pour elle, quand on en met, on apparaît soit comme une gamine, soit comme une mémé à bigoudis. La douleur qu'elle ressent régulièrement au milieu des omoplates lui rappelle qu'elle commence à être plus proche d'une mémé que d'une gamine… *Moi aussi je préférerais rester là et me rendormir. Est-ce que m'acheter des boules Quies ferait vraiment de moi une mauvaise mère ?* Avec un sursaut de volonté, elle se propulse sur ses jambes.

— Tu peux éteindre en partant ?

La phrase de trop. Camélia écarte vite fait cette possibilité et, alors qu'elle contourne le lit, tire un grand coup sur la couette, laissant le corps d'Arthur à découvert. Ou plutôt, le corps d'Arthur uniquement recouvert d'un de ses fameux pyjamas à l'effigie de héros de BD.

— Ah, c'est malin ! Très mature comme réponse. Je ne t'applaudis pas, maugrée-t-il.

Camélia sourit comme une enfant qui vient de jouer une farce dont elle se félicite. De toute façon, Arthur se rendormira très vite. Au moment où il pose sa tête sur l'oreiller, il a une capacité d'éveil identique à celle d'un bébé paresseux dans un arbre. Tintin et Milou en bonus. Bien que Camélia espère vite rejoindre ses draps, elle se force à adopter son masque de maman calme et compréhensive lorsqu'elle entre dans la chambre de ses filles.

Avant même d'avoir passé la tête dans l'entrebâillement de la porte, elle sait qui elle trouvera en train de l'appeler, avec la même ferveur et la même puissance vocale qu'une soprano sur la scène de la Scala. *Pourvu qu'elle n'ait pas également réveillé sa sœur...* Par avance, elle sait que son vœu est vain. Impossible pour une enfant de deux ans – comme pour tout être vivant habitant dans un rayon de cinq kilomètres – de rester endormi à proximité d'une sirène hurlant à pleins poumons. Camélia a pourtant essayé de les faire dormir dans deux chambres séparées quand les jumelles n'étaient encore que des bébés, comme elle l'avait précédemment fait pour ses deux aînés. Toutes les tentatives s'étaient révélées plus infructueuses les unes que les autres. Par fatigue et pour obtenir un répit, Arthur et elle avaient finalement jeté l'éponge : leurs filles feraient chambre commune jusqu'à ce que l'une d'elles exprime le souhait d'avoir son propre espace.

Camélia avance prudemment dans « l'antre des jumelles », craignant de marcher sur un poupon hurleur ou de se casser la figure sur la voiture de Oui-Oui, se repérant avec la lumière provenant du couloir. De grands yeux la fixent, Camélia embrasse la calme Aela sur le front et remonte ses couvertures avant d'aller s'asseoir sur l'autre petit lit. Elle caresse la joue de la petite Anna en se demandant si c'est une bonne idée de lui avoir donné le nom d'une aïeule aussi remuante que leur arrière-grand-mère. Elle se souvient avoir lu quelque part – peut-être dans un magazine féminin ? – que les prénoms programment ceux qui les portent. *J'aurais peut-être dû songer qu'avant de devenir une femme gentille et éclairée, grand-mère Anna avait acquis la réputation d'une enfant assez remuante...* Réputation qu'elle avait pris à cœur de conserver jusqu'à la fin.

—Qu'est-ce qui ne va pas, mon poussin ?

En posant cette question, Camélia s'attend à tout : mal de ventre, mal de dents, savoir si la Petite Souris voit clair dans la nuit, entendre des monstres dans le couloir, craindre la présence de crocodiles cachés sous les tapis de la chambre. Mais non.

—Plus sommeil.

Camélia se dit qu'Anna a de la chance, parce que sa vieille carcasse à elle aurait bien besoin de quelques heures de repos en plus. Il doit être à peine trois heures du matin, bien trop tôt pour commencer une journée. Camélia essaie de raisonner sa fille en chuchotant et, de guerre lasse, s'allonge à côté d'elle. Avec ses mots d'enfant, Anna lui murmure tout ce qu'elle compte faire quand le soleil sera levé. Des projets plein la tête tandis que la jeune maman s'assoupit sur les draps turquoise d'une petite princesse…

*

Quelque chose appuie contre son front, Camélia grommelle. Et ça recommence, à intervalles réguliers. Ses paupières se soulèvent avec difficulté et elle tombe nez à nez avec deux paires d'iris bleu marine.

—Maman, maman, maman…, répète une petite voix.

—Tu dors ? s'enquiert une seconde.

Il s'agit d'Anna, qui presse avec insistance son index contre le front de sa mère. Camélia sourit : voir ses petites à peine les paupières ouvertes est un cadeau, même si elle aurait préféré que leurs yeux à elles s'ouvrent plus tard dans la matinée… Quoi qu'il en soit, l'idée de se réveiller après neuf heures du matin doit être abandonnée pour une petite dizaine d'années encore, au minimum. Quand bien même ils avaient abordé le tournant de la préadolescence, ses fils ne lui avaient pas laissé un seul week-end de répit avant qu'ils ne deviennent pensionnaires d'un internat assez éloigné. Que ce soit des cris devant un jeu de console ou le ballon de basket qui résonnait contre la façade, pendant des années, Camélia avait conservé l'espoir secret d'un futur composé de matinées dominicales passées à flemmarder au lit ou sur un canapé. Enfin, cela, c'était avant la création de son entreprise et la venue au monde des jumelles, à l'aube de ses quarante ans.

— On mange ? demande Aela.

— Oui, mon cœur, on va aller manger.

Camélia pose un œil distrait sur sa montre : sept heures quarante-deux. Elle sourit en se disant qu'aujourd'hui, après sept heures et demie, cette matinée fait presque figure d'exception. Elle laisse ses filles jouer sans bruit dans leur chambre, le temps pour elle de prendre sa douche. Le dimanche, toute sa belle-famille – à laquelle se joignent parfois ses parents ou ses fils quand ils sont de passage – a l'habitude de venir déjeuner au manoir. Et ce n'est pas une coutume qu'elle souhaite modifier. La seule ombre au tableau est la défiance manifeste des femmes de la famille à l'égard des horloges et des montres. Même en s'étant accordée avec elles sur un horaire précis de retrouvailles, Camélia a déjà eu la désagréable surprise d'entendre le heurtoir de la porte d'entrée ou de voir une tête surgir à la fenêtre de la cuisine bien avant l'heure convenue. Elle déteste qu'on la surprenne à l'improviste en peignoir et pyjama, le cheveu rebelle et le sourcil triste.

Camélia revêt la première robe venue, celle à petites fleurs qui restait pendue à son cintre, derrière la porte de la salle de bains. L'été sera bientôt là et, avec lui, les envies de légèreté. En passant devant sa chambre pour aller chercher les jumelles, elle ralentit le pas : le son de la forte respiration de son mari lui parvient, signe qu'il se trouve encore dans les bras de Morphée…

Dans la pièce des petites chéries – *et ce n'est pas peu dire…* –, Camélia est attendrie de voir jouer Anna et Aela. La plus sage s'évertue à finir consciencieusement son puzzle de la Reine des Neiges, tandis que l'autre, plus dynamique, saute sur son lit. Et bien que cela lui soit strictement interdit et qu'elle en ait connaissance, elle sourit à pleines dents à sa mère.

—Allez mes poussins, venez avec moi, on descend. Mais attention, on essaie de ne pas faire de bruit, papa dort.

Aela se lève, passant de la position accroupie à la station debout en levant tout d'abord ses fesses, le nez au niveau des genoux, puis en prenant appui sur ses mains avant de se redresser. *Une chose est sûre, elle ne tient pas sa souplesse de son père…* Elle approche de sa mère et lui tient la main gauche. Anna avance et prend la main droite en faisant le zouave et en mimant avec moult gestes et mimiques une démarche « silencieuse ». *Au moins, elle sait gesticuler en silence…*

Dans la grande cuisine, tout est resté à l'identique depuis le départ de l'ancienne propriétaire du lieu. Seules les variétés d'herbes aromatiques posées sur le rebord de la fenêtre changent de temps en temps, certaines en remplaçant d'autres. Camélia soulève chacune de ses filles pour les déposer sur leur chaise. À peine le temps pour elle de se retourner afin de préparer leur bol de céréales qu'elle retrouve Anna juchée sur la table. *Comment peut-elle bouger si vite et sans bruit, alors qu'elle va sur ses deux ans ? Aurais-je mis au monde une petite cascadeuse sans le savoir ?*

À huit heures trente, Arthur fait irruption dans la cuisine. Camélia, devant son café et perdue dans ses pensées, tarde à réagir à son bonjour. Bien que cette journée soit censée être reposante, elle dresse mentalement la liste de toutes les choses à faire cette semaine, avant de les répartir sur un tableau papier en deux colonnes : « Pro » et « Perso ».

Acheter un nouveau plaid pour remplacer celui tout élimé du canapé. Faire les courses pour le déjeuner d'Arthur avec Simon et François mardi. Prendre le nouveau pied de menthe chocolat qui m'attend à la pépinière et le replanter dans le jardin. Est-ce qu'il me reste du fromage râpé ? Tailler la glycine qui commence déjà à envahir les volets du bureau, sinon dans un mois, on ne pourra plus les fermer. Prendre rendez-vous avec le comptable. Retrouver la facture de mon fournisseur pour les testeurs en papier. Parfaire l'accord de fond du parfum d'ambiance. Emmener les jumelles pour leur consultation chez le pédiatre. Appeler le charpentier afin qu'il vienne s'occuper de la fuite d'une des mansardes. Lui dire également de vérifier la charpente. Déménager la harpe dans le bureau et protéger le sol du salon de musique. Ai-je pris assez de peinture ? Compter (encore une fois) la surface des murs en mètres carrés. Passer au pressing chercher ma robe bleu marine. Ne pas oublier d'apporter les yaourts pour la crèche. Monter un marteau dans le couloir pour taper sur la tête du clou qui dépasse du mur sur notre palier (marre de tirer les mailles de mes pulls dès que je frôle de trop près le panneau). Vérifier si j'ai déjà mis de l'antimite dans le placard de l'entrée. Retrouver mon stylo argenté. Établir les menus de la semaine. Changer l'ampoule de la salle de bains.

— Au fait, Camélia, il faut qu'on aille chercher le cadeau pour Erwan.

Camélia sait par habitude ce qu'augurent les « Faut qu'on » et les « Il n'y a qu'à ». Ils servent en principe à rallonger la liste des « Faukon-Yaka » accrochée sur le frigidaire, et dont elle est la seule à se prévaloir de tenter de faire disparaître les tâches communes inscrites dessus. Elle ajoute donc, consciencieusement : *Cadeau de mariage pour Erwan.*

Pendant qu'Anna et Aela tentent toujours de noyer les céréales récalcitrantes dans leur bol de lait et qu'Arthur comate devant la cafetière sans avoir compris qu'il risque d'attendre encore longtemps sa tasse s'il n'appuie pas sur le bouton « Marche », Camélia rêve. Elle rêve à un homme comme elle en voyait dans les vieux films visionnés avec grand-mère Anna. Un homme qui prend les choses en main, qui la décharge du plus gros des tâches, qui s'occupe des entrepreneurs, de la paperasse et du bricolage. Mais elle garde ce songe juste pour elle, risquant de s'attirer les foudres des féministes pures et dures si jamais elle osait partager cette pensée tout haut. *Pourtant, cela serait bien reposant...* Recommencer à être une femme au foyer, la simple « femme de » sans reconnaissance sociale ou professionnelle, elle avait déjà donné, non merci. En revanche, mettre au régime sa liste « Faukon-Yaka », elle ne pourrait que répondre oui. Il faudrait quand même qu'elle en parle avec Arthur, mais pas aujourd'hui…

Elle coule un regard attendri à son mari, qui attend toujours que le café coule :

—Chéri, tu devrais peut-être appuyer sur le bouton, non ?

Arthur sursaute et il lui faut encore quelques secondes avant de comprendre et d'intégrer le conseil de son épouse, puis de mettre en route la cafetière. Il lui sourit, tout penaud, l'épi au-dessus de son crâne fièrement dressé. Et Camélia est heureuse…

*

Les aiguilles indiquent vingt heures quand Camélia passe devant l'horloge du hall d'entrée. *Dire que ma belle-famille est partie depuis trois heures déjà et que je n'ai même pas vu le temps filer...* Elle vient tout juste de mettre au lit les jumelles, après la lecture de deux histoires dont elle a préféré donner une version un peu condensée. Tandis que, pour la première fois de la journée, Camélia pourrait souffler, elle prend son livre de comptes resté sur le piano, et s'assied dans un des longs canapés. Même si la fatigue la tenaille et qu'elle ne souhaite qu'une chose : dormir, elle sait également qu'elle aura des difficultés à trouver le repos si elle n'a pas pu rayer quelques-unes de ses tâches sur la liste. Dans ce cas-là, bien qu'épuisée, elle n'arrive pas à s'endormir et se tourne et retourne dans le lit, repassant mentalement la liste des choses à faire le lendemain, comme si cela pouvait avoir une quelconque incidence sur ce qu'elle devrait mener à bien, une fois le soleil levé.

Camélia tend le bras vers le guéridon pour prendre sa paire de lunettes. À peine sont-elles posées sur son nez qu'elle entend une de ses filles appeler. Elle s'apprête à sortir du canapé mais son mari la devance. Resté nettoyer la table et ranger la cuisine, il passe devant la double porte du salon et lui fait signe qu'il monte. Camélia joint ses mains et lui adresse un « merci » silencieux qu'il attrape au vol.

Durant près d'une heure encore, pendant que sa femme essaie tant bien que mal de se concentrer sur les lignes et les colonnes de chiffres – et qu'elle jurerait que de temps à autre, ces derniers bougent –, Arthur fait des allers-retours entre le rez-de-chaussée et la chambre des filles au premier. Lorsqu'il redescend l'escalier pour la quatrième fois, il vient s'asseoir dans le canapé et attire sa femme contre lui, dans ses bras.

—Cami, tu es mon héroïne, lui déclare Arthur, admiratif.

— Eh bien, je te remercie. Mais pour quelle raison, au juste ?

— Avoir survécu à des jumeaux et être tout de même partante pour avoir d'autres enfants après cela.

— Tu sais, en toute honnêteté, je ne pensais pas que j'aurais des jumelles à ma seconde grossesse, confie Camélia.

Arthur soupire bruyamment et laisse sa tête retomber sur le haut du dossier.

— Bon sang, comment as-tu réussi à tenir le coup la première fois ?

Camélia sourit :

— Veux-tu vraiment que je te révèle mon secret ?

— Et comment !

— Pour commencer, j'avais presque vingt ans de moins.

— En effet, ça peut aider, concède-t-il.

Son mari attend la suite, impatient d'en apprendre davantage :

— Et c'est tout ?

— Non ! La seconde astuce résidait dans le fait que je buvais tellement de café que du pur arabica coulait dans mes veines.

Arthur se frotte la barbe, pensif.

— Note que c'est intéressant. Mais présentement, cela ne nous sera pas d'une grande aide.

— Tu m'étonnes…, lâche Camélia dans un soupir.

Son mari grimace :

— Je déteste le goût du café, et le thé me donne envie d'uriner toutes les dix minutes.

—Et moi, depuis mes trente-cinq ans, si je bois du café passé treize heures, je suis bonne pour une nuit blanche et des palpitations.

Elle marque une pause, puis ajoute :

—Nous sommes vieux…

—Dans nos corps, ma chérie. Dans nos corps uniquement, précise son mari.

—Et tu trouves qu'il y a de quoi se réjouir ? riposte Camélia.

Il repousse une mèche sur le front de sa femme et sourit en haussant les épaules, l'air résigné.

—Tu parles d'un couple de jeunes actifs, maugrée-t-elle. Je suis épatée que tu ne portes pas déjà un pull jacquard sans manches et des mocassins à trous.

—Si tu insistes, je t'offrirai un fichu en plastique pour les jours de pluie à ta prochaine fête des mères, rétorque Arthur. Tu l'auras bien cherché…

Sa femme lui donne un petit coup dans l'épaule, ce qui le fait râler, juste pour la forme. Il resserre ensuite son étreinte :

—Il nous reste une autre solution.

Camélia se redresse, l'oreille aux aguets, et Arthur explique :

—Sans les réveiller, on les cale dans leur siège auto… et on les dépose chez mes parents. Un coup de sonnette et le tour est joué. Ils pourront satisfaire leur envie de jouer les grands-parents gâteau. Quant à nous, nous nous octroierons quelques journées de vacances bien méritées.

Son livre de comptes toujours sur les genoux, Camélia lève les yeux au ciel :

—Bien entendu, ton scénario est parfait, ironise-t-elle. Je suis persuadée qu'Augusta et Loïc sauront apprécier ton geste. Il y a néanmoins un bémol à ton plan : tu serais incapable de te passer de tes filles plus de deux jours d'affilée.

—C'est vrai qu'à coups de câlins et de sourires, elles nous tiennent, les canailles…

2

Le fond de l'air est encore frais, si tôt le matin. Elle resserre plus étroitement les pans de sa veste comme pour se protéger, par habitude. Des gouttes de rosée sont venues parer le gazon trop haut, conférant une teinte plus foncée à ses ballerines couleur vieux rose et à son jean, à l'endroit même où l'humidité entre en contact avec le cuir et le tissu. Camélia se trouve au milieu du parc et s'accorde un peu de temps – juste un peu – pour profiter de ce qui l'entoure. La lumière est encore rase, frôlant les cimes des arbres sans parvenir à éclairer la pelouse sombre, mais le ciel est d'un bleu azur, sans le moindre nuage.

Elle tend l'oreille pour mieux les percevoir sans que cela ne suffise : les brins d'herbe bruissent contre la gomme de ses chaussures. Elle ralentit donc le pas, jusqu'à s'arrêter totalement. Enfin… Elle entend les vagues déferler sur la plage avec langueur, comme pour caresser le sable. *Si seulement j'avais un peu de temps, je me promènerais dans la baie, les pieds immergés dans l'eau salée...* Cependant, le temps court et elle le sait.

Elle reprend son chemin et se dirige sur son lieu de travail, l'endroit même où, il y a à peine trois ans,

Camélia créait sa propre entreprise. À cette époque, elle se trouvait dans une espèce de flou professionnel. Ayant eu Nicolas et Gaspard – les enfants de son premier mariage – très jeune, elle n'avait jamais intégré le monde du travail après l'obtention de son master en chimie. Aussi, quand elle avait divorcé et quitté Châteauroux, elle s'était retrouvée sans rien : ni perspective ni finances. Elle avait bien essayé de postuler à des offres, d'envoyer son CV. Mais à quarante ans, elle était trop vieille pour une insertion professionnelle. Un jour, elle était tombée sur une annonce qui revenait régulièrement dans le journal *Le Télégramme*, pour lequel travaillait sa cousine Maëlle. Un emploi de dame de compagnie qui ne faisait pas rêver, mais avait pour mérite de répondre à deux questions qui la taraudaient : où vivre et comment. Elle était donc venue s'installer dans ce manoir de famille pour s'occuper d'une grand-mère acariâtre au premier abord, avec laquelle l'existence s'était finalement révélée des plus agréables. Naïvement, Camélia avait pensé que ces instants de félicité pourraient durer toute la vie… Illusoire quand on s'occupe d'une nonagénaire. Camélia était pourtant restée en Bretagne et si le monde de l'entreprise n'était pas venu à elle, c'est elle qui s'y était infiltrée en montant sa propre société. Passionnée depuis toujours par les arômes et les odeurs, elle avait donc eu l'idée de reprendre son destin en main et de créer sa propre structure. Et, après quelques stages de formation complémentaires à son précédent diplôme en chimie, elle était devenue nez en *free-lance*. Elle avait travaillé à l'élaboration de parfums et de parfums d'intérieur, et même récemment, de cosmétiques.

Sa rencontre avec grand-mère Anna lui avait apporté trois choses fondamentales : assez de discernement pour ne pas regretter le passé et s'ouvrir au bonheur pour l'avenir, la sagesse de profiter de ce qui nous entoure et que nous ne prenons plus le temps de voir, et surtout sa rencontre avec Arthur, le petit-fils d'Anna. Tandis qu'elle se sentait seule et désemparée, devenir dame de compagnie, même si ce n'était que le temps d'une saison, lui avait donné un but et de nouveaux repères. Mieux, cette rencontre avait fait naître un lien profond et indéfectible, une riche amitié dans laquelle les cinq décennies qui les séparaient ne comptaient pas. Seule la douce ou galvanisante présence de l'autre importait. Les membres de la famille Le Guell l'avaient remerciée à maintes reprises d'avoir ramené leur mère et grand-mère chérie dans le monde des vivants. Mais ce qu'ils ignoraient tous, c'est à quel point ils se fourvoyaient. C'est Anna qui avait tout fait, Anna qui avait ramené Camélia à la vie. Pas l'inverse.

*

Camélia se hâte : avant d'appeler un de ses fournisseurs en huiles essentielles, elle aimerait pouvoir vérifier ses comptes bancaires sur Internet. Un client aurait dû lui verser un acompte depuis plusieurs jours déjà sans qu'elle ne voie rien apparaître sur son écran. *Peut-être qu'enfin...* Elle doit savoir si le parfum d'ambiance est toujours d'actualité ou si elle doit stopper ses recherches, histoire de ne pas perdre plus de temps pour un contrat qui s'avère bancal depuis le début.

Elle pousse le portillon puis, quelques pas plus loin, la porte de son atelier. Elle enclenche l'interrupteur rétro et se retrouve un instant éblouie par le trop-plein d'apport en lumière artificielle. Aussi, elle tourne une nouvelle fois le bouton, pour éteindre. *Tant pis, je travaillerai avec ma petite lampe de bureau. Mieux vaut un peu de pénombre plutôt que toutes ces leds...*

Elle avance jusqu'à sa table, bien placée devant les grandes verrières donnant sur le petit bout de verdure qu'elle affectionne tant, puis allume la faible lumière. À peine assise, elle prend son vieil ordinateur portable qui repose habituellement sur la tablette, juste en dessous du plateau. Elle met en route cet ancien condensé de technologie et attend trois bonnes minutes avant de pouvoir consulter ses comptes web. Sur sa banque en ligne, aucun virement n'apparaît. Elle va devoir appeler son client afin de savoir de quoi il en retourne, peut-être même devra-t-elle revêtir son habit de cheffe d'entreprise pas commode : Dieu qu'elle déteste cela ! Elle sort le dossier Fontana et compose le numéro sur son téléphone tandis qu'elle lit les chiffres. Une sonnerie... Deux sonneries... Camélia jette un coup d'œil à l'horloge de son ordinateur : il est plus de huit heures et demie en semaine, le moment n'est pas incongru. Et les sonneries continuent jusqu'à ce qu'elle tombe sur la messagerie. Tant pis, elle rappellera. *De nouveau une chose à inscrire sur ma liste des tâches à effectuer... Au fait, il faudra que je pense à rappeler la compagnie des eaux au sujet de l'erreur de facturation.*

Ce qu'elle apprécie le plus en ayant lancé sa propre entreprise, c'est qu'elle fait quelque chose qui la passionne à seulement quelques mètres de chez elle. Elle n'a qu'à traverser le parc derrière la demeure, puis ouvrir la petite porte du jardin aux mille senteurs sur lequel donne son atelier.

Être sa propre patronne présente un autre avantage certain, celui de lui octroyer une totale liberté : Camélia peut faire ce qu'elle veut quand elle le décide, sans avoir de comptes à rendre à qui que ce soit. Excepté à ses clients. Et à l'Urssaf. Au centre des impôts. À la chambre de commerce, aussi. Mais passé cela, elle est libre d'accepter ou non un contrat, de choisir ses horaires de travail et, enfin, de s'octroyer une journée de congé. Sauf que Camélia n'a pas le temps pour les congés et les horaires allégés : elle n'arrête pas. Toute la journée, elle pense et fait mille choses, ne pouvant même plus s'accorder un bain de temps à autre. Quand ce n'est pas pour son entreprise, elle doit gérer un problème avec ses filles, ou ses fils, son mari, sa maison, ses parents ou sa belle-famille… Elle ne sait plus où donner de la tête. Ou plutôt, elle ne sait plus où sont ses priorités, tellement elle a de choses à faire.À dire. À penser… *Lancer la lessive. Demander un devis pour l'entretien des cheminées. Acheter une nouvelle ampoule pour l'éclairage extérieur.*

Quand elle est allée consulter son médecin à l'automne dernier, il a pris le temps de l'écouter pendant au moins… deux bonnes minutes. Elle lui a parlé de ses migraines, de ses insomnies, de ce flot de pensées qui la submerge en permanence. À la fin de la consultation, il a brandi une prescription pour un antidépresseur avant de lui demander sa carte Vitale. Mais Camélia ne fait pas une dépression, c'est impossible ! Et pour cause : elle n'a pas le temps pour ça. Tout ce qu'elle aimerait, et qui lui ferait le plus grand bien, c'est qu'on l'aide davantage et qu'on la décharge un peu. Elle doit prendre chaque chose au cas par cas, sinon elle étouffe en pensant à la montagne qui lui reste à traiter. Une fin d'après-midi, alors qu'elle suivait distraitement une émission à la télévision et que ses filles prenaient leur goûter, elle avait entendu pour la première fois un terme qui avait aussitôt fait écho en elle : la charge mentale. Ce « poids cognitif » que représente le fait de tout devoir organiser et planifier, en plus d'exécuter, et ce en permanence. Il n'y a pas si longtemps, Camélia prenait encore des moments pour lire, jusqu'à ce qu'elle commence à noircir les marges des romans de petites notes qui lui venaient durant sa lecture : « Acheter des cotons-tiges », « Renouveler notre inscription à l'Amap », « Contacter la banque pour renégocier le prêt », « Refaire le plein de ma voiture ».

Pire, Camélia avait appris que cette atteinte mentale s'était multipliée au point d'investir de nombreux foyers ! Et loin de plaindre ceux et celles qui, comme elle, croulaient sous les « Faukon-Yaka », elle se sentait moins seule. Enfin, elle mettait un nom sur cette surcharge et elle savait désormais qu'elle n'était plus un cas isolé. Le problème n'était pas qu'elle était une mauvaise épouse, mère ou cheffe d'entreprise, mais que trop de choses reposaient sur ses seules épaules.

Oui, mais… C'était il y a quelques mois déjà et, depuis cette découverte, Camélia n'arrive toujours pas à se débarrasser de ces listes qui ternissent son quotidien. *Il faudra que je fasse le tri dans les affaires des filles, je suis sûre que plusieurs vêtements ne sont plus à leur taille*. Le mois dernier, elle avait décidé de prendre son samedi. Mais pour en profiter « comme il fallait », elle voulait juste se débarrasser l'esprit d'une ou deux choses… qui avaient nécessité plus d'une demi-journée à résoudre. Quand Camélia fait une pause, elle a l'impression que les tâches s'accumulent et que ce sera pire ensuite. Ainsi donc, elle n'en fait plus.

*

Camélia agite une fois de plus une languette en papier sur laquelle elle vient de déposer quelques gouttes d'un nouvel accord. Ce n'est pas une commande, mais une recherche qu'elle fait juste pour elle, juste comme ça. Une odeur qui lui trotte dans la tête depuis un moment déjà, qui l'accompagne parfois en journée et vient la cueillir jusque dans ses rêves. Où a-t-elle déjà pu la sentir ? Est-ce un parfum connu ? Non, Camélia pourrait le jurer. Cette senteur est apparue avec le printemps, elle avait donc pensé qu'elle puisait son origine dans l'accord naturel de certaines fleurs qui venaient d'éclore. À cette occasion, elle avait donc entrepris un travail de détective olfactif. Quand bien même elle connaissait toutes les plantes, les fleurs et les arbres de sa propriété, elle était allée tous les renifler. Elle avait poussé l'investigation jusqu'à gratter une écorce, écraser une feuille ou deux, arracher un pétale. Rien. Seulement cet effluve, léger mais tenace, qui flotte encore par instants autour d'elle. Camélia ne met plus de parfum pour ne pas brouiller son odorat, et n'utilise que des produits d'hygiène neutre : cela ne provient pas d'elle, c'est là sa seule certitude. Elle a demandé de l'aide à Arthur, sauf que lui ne sent rien. Peut-être est-ce seulement une odeur qu'elle a en tête et que son inconscient la pousse à recréer, persuadé que ce sera un succès.

Camélia inspire une nouvelle fois la fragrance qui émane de la languette. C'est semblable… tout en étant encore un peu différent. Au moins, elle se rapproche.

Désormais, la lumière inonde le jardin et les cascades bleutées des lobélias profitent d'un agréable bain de soleil : il est bientôt midi, et Camélia a oublié d'appeler son fournisseur. Elle ouvre son carnet qui fait office de répertoire et se charge aussitôt de contacter Benoît, d'Arômonde. Sa commande partira jeudi prochain et la jeune femme pourra bientôt découvrir un nouvel extrait, tiré de la sève d'encens oliban. Un produit d'exception en direct d'une petite coopérative du sultanat d'Oman. Camélia aime les fragrances lourdes, épicées et chaleureuses qu'on ne trouve nulle part ailleurs qu'en Orient. Quand elle les respire, elle a aussitôt l'impression de se retrouver dans un cocon, dans lequel rien ne peut lui arriver. Une odeur qui la transporte dans ses souvenirs les plus douillets et rassurants, comme si elle se retrouvait de nouveau enfant, assise confortablement dans un vieux fauteuil qu'elle a toujours connu, enroulée dans un grand plaid familier. *Ai-je de quoi cuisiner un gratin dauphinois pour ce soir ?*

—Oh Benoît, pourriez-vous ajouter de la rose de Damas ? Je n'en ai plus.

—Très bien.

—Et j'ai failli oublier : il me faut également du jasmin !

—En arôme ou en absolu ?

—Benoît, êtes-vous sérieux ?

À l'autre bout du téléphone, son fournisseur rit.

—Cela ne coûte rien de demander. Attendez…

Elle entend Benoît pianoter sur son clavier.

—Dans votre fichier, je vois que je vous ai déjà envoyé de l'absolu il y a deux mois, remarque-t-il.

—C'est exact, répond Camélia. Je travaille en ce moment sur un projet qui me tient à cœur et je l'utilise en grandes quantités.

—Et parce que vous êtes mon nez préféré, je ferai en sorte que vous ayez tout ce que vous désirez dans votre colis.

Camélia aime bien Benoît, ancien chef cuisinier ayant laissé couteaux et casseroles sur un coup de tête pour aller chasser les senteurs du monde. Cinq minutes plus tard, après un brin de conversation légère, elle raccroche. Même s'il est presque l'heure d'aller déjeuner, elle essaie de nouveau de contacter monsieur Fontana. Encore une fois, les mêmes sonneries sans que personne ne daigne décrocher. Camélia repose le combiné, dépitée. Son entreprise est encore un bébé qui doit engranger davantage de contrats pour se consolider. Elle pourrait entreprendre des démarches contre ce client, vu qu'il a accepté et signé le devis. Mais ce dossier lui a déjà fait perdre assez de temps, elle ne peut se permettre d'en gaspiller plus en lui courant après. D'autant que, pour cela, elle devrait mettre la main au portefeuille en engageant un avocat et en lançant une procédure. *Au moins, je n'avais pas encore trop planché sur son projet...*

L'entrepreneuse se lève et étire rapidement ses épaules endolories quand son téléphone sonne. Elle le regarde, circonspecte – serait-ce monsieur Fontana ? –, avant de décrocher :

—Camélia Pinson-Le Bihan à l'appareil.

—Oui, bonjour. Ici Agathe Thomasini pour les parfums Feydeau.

Camélia attend quelques secondes : est-elle en plein rêve ou est-ce un canular ? Pour quelle raison une maison de luxe l'appellerait-elle ? Bien entendu, il y a une réponse toute logique à cela, mais la jeune femme n'ose pas la formuler, de peur que cette pensée ne fasse se volatiliser cette collaboration rêvée.

—Est-ce que vous êtes toujours là ? demande l'autre.

—Oui oui, se reprend Camélia. Que puis-je faire pour vous ?

—Nous souhaitons lancer sur le marché une nouvelle fragrance à l'occasion des fêtes de fin d'année et nous recherchons un nouveau nez avec lequel collaborer. Seriez-vous intéressée ?

—Oui ! s'exclame sans réfléchir Camélia.

Travailler avec la maison Feydeau, un rêve !

—Et les délais vous semblent-ils tenables ? s'enquiert Agathe Thomasini.

—Sans problème, je peux vous remettre une première ébauche au plus tard pour la rentrée de septembre et je la retravaillerai selon vos directives dans le courant de l'automne-hiver. D'ici un an et demi, votre nouveau jus sera dans toutes les parfumeries, je vous en fais la promesse.

Mince, peut-être aurait-elle dû refréner son enthousiasme débordant. Charmant, certes, mais guère professionnel. C'est en tout cas ce que doit penser son interlocutrice, qui demeure muette quelques instants. *Ma fille, parfois, tu ferais mieux de te taire*... Camélia entrelace son index et son majeur droit pour que sa chance et le contrat ne s'envolent pas. Cela fonctionne ! Enfin, presque…

—Je crois qu'il y a méprise, madame Pinson. Nous souhaiterions lancer ce nouveau parfum pour les prochaines fêtes de fin d'année, d'ici cinq mois au plus tard.

Concrètement, comment les Celtes savaient si le ciel leur tombait sur la tête ? Parce que, sans être persuadée, Camélia a un doute. Elle ne voit pourtant pas d'autre traumatisme capable d'expliquer le fait qu'elle s'entend prononcer « D'accord » lorsque madame Thomasini la convoque au siège parisien de l'entreprise dans quinze jours pour une première découverte du jus.

Lorsque la conversation prend fin, Camélia se retrouve dans une espèce de brouillard hypnotique : une part d'elle souhaite danser et chanter, tandis que l'autre veut la voir se cogner la tête contre le mur… Bon sang, pourquoi avoir accepté pareille mission en de si courts délais ? Parce qu'elle ne se voit pas refuser quand son entreprise est aux prémices de son aventure. Surtout vis-à-vis d'une marque de luxe aussi renommée… La seule qui a quelque chose à perdre, c'est Camélia. Si elle dit non, le parfumeur aura tout de même un nouveau parfum puisqu'il proposera le contrat à un autre nez qui, lui, verra sa cote et son compte bancaire augmenter. C'est sûr, elle a bien fait d'accepter. Elle va demander à Arthur son aide dans la gestion du quotidien pour la décharger un peu, et elle s'en tirera haut la main. *Sinon, je sombre…*

3

Quand Arthur sort enfin de son bureau, il est presque vingt heures. Chose étonnante, la maison est calme. Il avait tant à faire avec ses esquisses qu'il n'a même pas pensé aux filles ni à sa femme. Les couloirs sont vides et la pénombre a envahi la maison. Camélia n'est pas encore rentrée, sans doute a-t-elle tout autant de travail que lui.

Arthur bâille à s'en décrocher la mâchoire tandis qu'il emprunte le grand escalier. Une bonne douche revigorante le délassera de cette épuisante journée. Un instant, il pense à préparer le repas. *Oh, et puis on verra avec Camélia quand elle rentrera... J'ai bien le droit de m'accorder un peu de répit, je l'ai bien mérité. Dire que certains pensent que les dessinateurs de BD paressent toute la journée...*

Camélia, tapie dans l'obscurité du couloir menant à la cuisine, entend son époux monter les marches. Elle attend une minute, peut-être deux, et comprend au son du parquet qu'Arthur fait un aller-retour entre la salle de bains et leur chambre, avant de discerner le bruit de l'eau sortant de la pomme de douche. Et elle connaît la tendance d'Arthur à traîner sous l'eau brûlante. *Il me reste vingt bonnes minutes, à l'aise...*

Camélia entreprend donc de déposer la nappe blanche brodée et de dresser joliment les assiettes de présentation, ainsi que les verres et les couverts, sur la petite table ronde en fer forgé de la terrasse. *Tout doit être parfait, les petits plats dans les grands.* La jeune femme retourne à la cuisine où l'attendent tous les éléments qui composeront son dîner. Devant la casserole contenant de l'huile d'olive, des oignons émincés et le riz transparent déglacé au vin blanc, elle prend une grande louche et commence à y adjoindre régulièrement un pochon de bouillon de volaille. Le temps que le bouillon réduise, Camélia sort le parmesan et les premières girolles qu'elle a trouvées au marché – à un prix exorbitant – grossièrement émincées. *Demain, je dois tailler les ongles des filles.* De nouveau, une louche de bouillon. Camélia et Arthur seront seuls ce soir : après la crèche, les jumelles ont été déposées chez leurs grands-parents paternels sans que leur père ne le sache. *J'espère qu'elles ne leur en feront pas trop voir, si on veut de nouveau pouvoir profiter de quelques soirées libres...* Une louche de bouillon. *Quels sont les accords qui pourraient composer le fleuri chypré pour Feydeau ? Mince, je dois réserver un aller-retour en train pour Paris ! Vite, arrêter le feu sous la casserole !* Dans une poêle, Camélia fait fondre de l'ail et de l'échalote dans un mélange de beurre et d'huile d'olive, avant d'y jeter les girolles pour les faire revenir, puis ajoute du persil finement haché – et prélevé directement dans le pot sur le rebord de la fenêtre... *Ai-je bien lancé la lessive ? Je me rappelle avoir apporté la panière dans la lingerie, avoir chargé le lave-linge, mais l'ai-je programmé ? Je dois penser à vérifier avant d'aller me coucher.* Camélia retire la poêle du feu et commence à dresser les assiettes. Elle les garnit de l'onctueux risotto, puis dépose les girolles ramollies avant de râper du *parmigiano reggiano* sur le dessus.

De nouveau, elle entend Arthur bouger au premier étage, et elle emporte vite les assiettes dehors. En passant devant le miroir du couloir, elle se regarde une dernière fois : se préparer en silence pour mettre en place cette soirée surprise n'a pas été évident, mais ses cheveux sont toujours joliment relevés et ses yeux, mystérieusement ourlés d'un trait de khôl. Quand elle s'assied à la table, Camélia est fière d'elle, contente d'avoir pu venir à bout de cette nouvelle journée sans craquer. L'air est doux et on commence à deviner les étoiles dans le ciel rosé. *Une jolie nuit pour un bon dîner.*

Arthur enfile une chemise propre et entreprend de la boutonner tout en descendant les marches, exercice quelque peu périlleux qu'il parvient toutefois à maîtriser.

—Camélia ? Tu es là ?

Personne ne répond et Arthur commence à s'inquiéter. *Allait-elle quelque part ?* Récemment, il était entièrement focalisé sur son dernier projet de BD et il n'a pas eu le temps de penser à autre chose. Dans le hall, il réfléchit et essaie de se remémorer sa dernière conversation avec sa femme – une sortie entre copines ? une fête avec une autre famille de la crèche ? un dîner chez ses parents ? – quand une lumière vacillante attire son attention. Il se dirige vers la porte grande ouverte sur le jardin. Assise dans sa sublime petite robe noire – celle qu'il lui a offerte à son dernier anniversaire –, elle l'attend, accoudée à une table romantique éclairée par un chandelier blanc aux bougies assorties. En plus de la beauté de sa femme, il remarque instantanément le risotto aux champignons qu'elle lui a concocté – son plat préféré – et embrasse vite sa moitié avant de se mettre à table.

La conversation est légère et agréable, comme ils n'en ont plus connu depuis ce qui semble être une éternité à Camélia. Les yeux de son mari pétillent et elle-même se sent un peu pompette, mais elle doit rester maîtresse d'elle-même encore un petit moment, juste assez pour aborder avec son mari le sujet des tâches familiales et ménagères, et son envie de les voir sous peu équitablement partagées, puisque les semaines s'annoncent professionnellement chargées avec ce nouveau contrat qu'elle vient de décrocher.

Elle se rassied après avoir servi les profiteroles et s'apprête à prendre la parole, mais Arthur est le plus rapide :

—C'est vraiment agréable de te voir comme ça.

—Comment « comme ça » ? tique Camélia.

—Je veux dire, apprêtée et séduisante. Ces derniers mois, tu prends un peu moins soin de toi, tente-t-il de lui expliquer.

Ce n'est pas une pique qu'Arthur – profondément gentil – souhaitait lui lancer. Pour lui, tel qu'il l'avait pensé avant de le formuler à haute et intelligible voix, cela sonnait même comme un compliment. Camélia s'en trouve toutefois blessée.

—Je suis mère, cheffe d'entreprise et ménagère à plein temps, donc non, je n'ai pas le temps de courir chez le coiffeur ou l'esthéticienne toutes les semaines, répond-elle, vexée.

—Camélia, ne fais pas la tête. C'est juste que tu ne te maquilles plus, et tes cheveux, tu les laisses soit libres, soit en queue-de-cheval.

—Tous les jours, je mets du mascara et du blush, mais Anna a caché mon eye-liner.

—Et tu ne mets quasiment plus que des jeans et des pulls.

—C'est faux ! Parfois, je mets quand même des robes.

—Rarement, reconnais-le. Et souvent, ce sont des robes à fleurs ou à imprimés, pas très sexy…

—Parce que les tee-shirts Avengers ou Batman au quotidien, tu trouves que c'est séduisant sur un homme de quarante ans ?

Arthur marche sur des œufs, il doit vite rectifier le tir s'il ne veut pas que cette soirée – censée être romantique – finisse en passe d'armes, quelque chose qui ne leur arrivait jamais avant…

—Écoute, je ne voulais pas te vexer. Pour moi, c'était un compliment.

—Parce que tu trouves que c'est agréable de s'entendre dire qu'on est belle, contrairement à d'habitude ? Eh bien, en plus d'être une mocheté mal fagotée, il semblerait que je sois bête à pleurer, assène Camélia.

Pendant quelques minutes, tous deux ne disent plus rien, la tension qui s'est instillée dans cette soirée est lourde. Arthur, qui ne supporte pas de causer la moindre peine à sa belle, qu'il trouve magnifique même quand elle a la grippe et une sale mine, vient s'agenouiller près de sa femme.

— Madame, souffle-t-il, sous vos pieds, dans l'ombre, un homme est là. Qui vous aime, perdu dans la nuit qui le voile ; qui souffre, ver de terre amoureux d'une étoile ; qui pour vous donnera son âme s'il le faut, et qui se meurt en bas quand vous brillez en haut.

— Ce n'est pas de toi, c'est de Victor Hugo. Laisse-le donc en dehors de ça !

— Mais chérie, je ne peux pas : il a créé ces quelques phrases uniquement pour que des crétins tels que moi arrivent à attirer l'attention des femmes inaccessibles telles que toi. Je suis un abruti, les hommes sont des abrutis, personne n'y peut rien, surjoue-t-il. C'est dans notre nature profonde de faire enrager l'objet de notre amour. Ce n'est pas de notre faute : c'est génétique. Je suis un abruti, mon cœur. Allez, dis-le avec moi : je suis un abruti. Si ça peut te faire du bien, je te donne l'autorisation de le dire en me donnant des baffes. Regarde, je commence et je te montre !

Et Arthur commence à se claquer les joues avec les deux mains en s'invectivant. En premier lieu, Camélia ne bronche pas, plongée dans la contemplation de ses cuticules. Mais petit à petit, tandis qu'Arthur se malmène de plus en plus et que ses joues rosissent sous les petites tapes répétées par ses propres paumes, elle commence à sourire, puis à rire avant de lui faire cesser son autoflagellation. Ils s'embrassent tendrement avant qu'Arthur ne reprenne sa place à table. Il jette un coup d'œil à sa femme qui lèche le chocolat déposé sur ses lèvres, juste après avoir savouré une bouchée de chou garni de glace à la vanille. Il repose la fourchette à dessert sur la nappe, croise les doigts au-dessus de son assiette :

— Camélia, j'ai une grande nouvelle à t'annoncer, débute-t-il.

— Et moi, quelque chose à te demander.

— Tu veux commencer ?

— Non, à toi. Vas-y, insiste-t-elle.

— Tu connais ma bande dessinée, *Les Étudiants*.

— Tu parles des planches et des livres sur lesquels tu travailles depuis presque trois ans ? Oui, je connais, répond malicieusement Camélia.

— Aujourd'hui, j'ai reçu un e-mail d'une grosse boîte qui a des studios à Montreuil et à Londres. On m'a proposé d'adapter *Les Étudiants*… en format télévisuel ! s'enthousiasme-t-il.

— Comment ça ?

— Ils vont créer un programme court de dessin animé. Mais le projet a cette originalité qu'il sera destiné aux 18-25 ans, contrairement aux autres programmes du genre.

Camélia se lève aussitôt de sa chaise pour aller féliciter et embrasser son mari. Sur le moment, elle est tellement joyeuse qu'elle ne saisit pas tout de suite ce que cela augure…

—Je suis tellement excité, j'ai l'impression d'être un gosse qui va enfin rouler avec un vélo sans les petites roues, ou qui file sous le sapin le matin de Noël. Non, mieux, renchérit-il, un gamin qui découvre un vélo sans roulettes comme cadeau de Noël.

Après lui avoir donné un baiser, Camélia se rassied.

—Je suis vraiment très fière de toi ! dit-elle en levant son verre.

—En plus, cela va m'aider à écouler un plus grand nombre d'exemplaires de mes BD, sans compter l'avance des droits qu'on m'a proposée… Tout bonnement indécente ! Mais, je ne compte pas me plaindre, sourit-il, tu me connais.

Camélia est extatique : ils s'aiment, ont des enfants adorables, et en plus, ils commencent enfin à percer professionnellement ! Au début, rien n'était gagné quand tous deux ont décidé de devenir leurs propres patrons. Ils ont pourtant réussi leur pari.

—Sans compter qu'ils prendront en charge mes frais de transport et d'hébergement. Cool, non ?

Sa femme recrache presque sa gorgée de prosecco dans son verre.

—Tu veux dire, les frais de transport pour aller signer ton contrat ? demande-t-elle.

—Non, on peut le faire par coursier, apparemment. Mais il va bien falloir que j'aille dans les studios de Montreuil pour mettre au point le *story-board* des épisodes. Par la suite, le gros du travail se déroulera dans leurs locaux de Londres. Adaptation des dessins, doublage, post-production…

Camélia tente de dissimuler l'angoisse qui monte *crescendo* en elle, afin de ne pas jeter une ombre sur la joie de son mari. Cependant, elle doit en savoir plus pour se préparer à ce qui l'attend.

—Et cela va te prendre beaucoup de temps, j'imagine…

—On a projeté quelques mois, peut-être un an, hasarde Arthur qui avale une autre bouchée de pâte à choux.

Un an ?! Une semaine ou deux passent encore, mais un an ?! Comment vais-je tenir ? J'aurai fait un burn-out *bien avant cela !* Si Camélia ne dit rien, Arthur saisit tout de même une part de l'effroi qui doit la gagner.

—Ne t'inquiète pas, je ferai des allers-retours : je ne tiens pas à devenir un père absent pour nos filles. Tu sais, par l'Eurostar, Londres est aussi vite accessible qu'une ville de province. Et puis, tu pourras toujours venir me rejoindre pour qu'on passe des week-ends en amoureux…

—Quand commences-tu ? demande Camélia, hermétique au clin d'œil de son époux.

—Dans à peine plus de quinze jours.

Très bien, donc cela me laisse juste le temps de préparer une première ébauche de la fragrance pour Feydeau. Si Arthur prend en charge les filles et la maison durant ces deux prochaines semaines, je pourrai me consacrer tout entière au parfum. C'est jouable… Non, mais tu t'entends, ma grande ? Jouable ? Créer un jus en quinze jours, est-ce seulement arrivé une seule fois dans l'histoire de la parfumerie ? Tant pis, elle doit tenter le coup, lui demander ce service, cette aide.

—C'est bien… Ainsi, tu vas avoir des espèces de petites vacances avant de rejoindre l'équipe, avance prudemment Camélia.

—Des vacances ? Tu es mignonne, chérie. Ce ne sera pourtant pas le cas, je vais devoir plancher sur le dernier tome : j'aimerais qu'il soit terminé avant de commencer ce faramineux projet.

—Tu veux dire… Qu'est-ce que tu veux dire, exactement ?

—Eh bien, qu'on profitera peu l'un de l'autre avant mon départ. Je ne sais pas si j'aurai le temps de lever la tête de mes planches…

Camélia, respire ! Camélia, respire ! Dis-lui, annonce-lui la bonne nouvelle que tu as gardée pour toi jusque-là et tout va s'arranger.

—Arthur, moi aussi je souhaitais t'annoncer quelque chose.

Son mari lève la tête, étonné :

—Euh… Tu veux un autre enfant ? demande-t-il, nerveux.

—Non ! s'exclame Camélia au grand soulagement d'Arthur. Ce n'est tout de même pas pour rien que j'ai demandé un stérilet après Aela et Anna…

—Oh, ouf ! Enfin, tu sais que j'aime nos puces plus que tout, essaie-t-il de s'excuser, mais je ne sais pas si je survivrais à un autre enfant.

—Eh bien tant mieux, parce que moi non plus !

—D'autant que donner naissance à des jumelles, après avoir accouché de jumeaux… Dans ton utérus, c'est une paire à chaque fois ! Tu te vois mère de six enfants ? Sérieusement, tu imagines ?

—Non, pour mon propre bien-être, je ne préfère pas.

Sur ces mots, Arthur et Camélia trinquent en faisant tinter leurs verres.

—Bon, alors, revenons-en à cette nouvelle. Plutôt bonne ou mauvaise ?

—Très bonne. Excellente même…

Elle sait captiver l'attention de son mari qui attend patiemment qu'elle se livre enfin.

—On vient de m'embaucher pour une nouvelle création.

—Pour le corps ou pour la maison ?

—Pour le corps : un parfum pour… la maison Feydeau ! lance-t-elle, triomphante.

—Oh, Cami ! C'est une super nouvelle, bravo ! Dans ton CV, cela va donner une plus grande valeur encore à ton travail. Félicitations !

—Merci, répond Camélia, les yeux brillants. Seulement, reprend-elle, il y a un léger hic dans l'équation.

Arthur arrête de mastiquer sa dernière profiterole.

—Apparemment, il y a eu une dissension artistique avec le précédent nez… Ce qui fait que j'ai quinze jours pour une première élaboration du jus et que je dois rendre le travail final à la prochaine rentrée scolaire.

Désormais, c'est son mari qui connaît l'inconfort sur sa chaise :

— Tu vas devoir travailler à Paris ?

— Non, les rendez-vous dans la capitale seront peu nombreux. J'élaborerai le jus dans mon atelier et j'irai le leur faire sentir régulièrement.

— Oh, impeccable ! Je craignais que tu ne doives aussi partir travailler ailleurs ! Mais tu pourras rester ici et t'occuper des filles. On est vernis, non ? se réjouit-il finalement.

Camélia ne répond rien. Un sourire crispé plaqué sur les lèvres, elle cogite à cent à l'heure tandis qu'Arthur lui caresse tendrement la joue. *Tout reste jouable. Il faut juste que j'arrête de dormir, manger, me laver, et il me restera amplement de temps pour travailler...*

4

— Camélia ! Tes parents sont au téléphone !

Arthur l'interpelle depuis le hall alors qu'elle vient tout juste de sortir de sa voiture, les bras chargés de courses. Ça tombe on ne peut mieux… Elle se précipite néanmoins, en multipliant les petits pas, tout en conservant le dos le plus droit possible, les poignées de ses cabas lui lacérant les doigts. *Qu'est-ce qu'on conseille ? Ah oui, de plier légèrement les coudes pour garder les muscles des bras en tension et les faire travailler. La presse féminine regorge vraiment de petits comiques... Moi, pour l'instant, j'essaie déjà de faire en sorte que mes bras demeurent accrochés à mes épaules...*

—J'arrive ! Oh, je n'en peux plus, soupire-t-elle.

—Camélia est enfin là, annonce Arthur à sa belle-mère. Je vous laisse avec elle et je vous embrasse.

Sur ce, Arthur coince le combiné entre l'épaule et l'oreille de sa femme, arrivée près de la console et du vieux téléphone à cadran. Et il repart à ses crayons, la laissant debout dans l'entrée, les bras toujours chargés.

—Arthur ! l'interpelle-t-elle. Tu peux emporter les courses dans la cuisine, s'il te plaît ?

—Bien entendu. Je suis désolé, je n'ai même pas fait attention à ce que tu portais, s'excuse son mari.

Et il la décharge en lui posant un baiser sur le front, la laissant au flot de paroles de sa mère.

—Camélia, tu m'écoutes ?

—Oui, maman. C'est bon, je suis tout à toi. Arthur me prenait les cabas de courses des bras… Comment allez-vous ?

—Très bien ! Comment pourrait-il en être autrement ? Ah, Camélia… Si seulement vous aviez pu venir avec nous…

Il est vrai que les Pinson avaient proposé à leur fille et sa petite famille de les accompagner dans leur tour du monde en bateau. L'idée avait paru alléchante, sans pour autant convaincre car irréalisable. Outre le fait pour Arthur et elle de devoir abandonner leur profession pendant plusieurs semaines, et pour ses fils d'arrêter leurs études et de perdre une année, ils auraient dû débourser une somme astronomique pour six billets et seulement trois mois… Les parents de Camélia, tout heureux de pouvoir profiter de leurs petits-enfants durant une si longue période, avaient même émis l'hypothèse de prendre à leur charge une partie des billets. Mais pour Arthur et Camélia, il n'en était pas question : les Pinson ne roulaient pas sur l'or. En plus de leur profond attachement au Portugal, la fiscalité avantageuse était tout de même l'une des raisons qui les avaient fait quitter l'Hexagone pour la péninsule Ibérique. Avec leur retraite, ils vivaient confortablement, assez pour que Charles Pinson parvienne à économiser et offrir à sa femme une croisière autour du monde pour leurs cinquante ans de mariage. Dans sa version luxueuse, le circuit ne durait pas moins de cent jours. Et, bien que leur départ de Lisbonne date d'à peine une semaine, les parents de Camélia avaient déjà envoyé une carte et passé plusieurs appels depuis leur cabine.

—Les paysages sont à couper le souffle. Et même quand on ne voit rien, je veux dire quand on n'est pas à proximité des côtes, le simple fait d'être perdu dans cette immensité bleue est déjà un cadeau, lui explique sa mère, extatique.

—Je suis désolée, mais je n'ai plus en tête votre trajet. Vous êtes où en ce moment ?

—On vient tout juste de quitter Naples.

—Vous avez dégusté des Napolitaines ? plaisante Camélia.

Mais sa mère ne l'écoute même pas :

—Avec ton père, on a fait une sublime excursion à Pompéi. La dernière fois qu'on s'y était rendus, ce devait être en 1972. Ah non, ton père me dit que c'était en 1973. Il est heureux comme tout, il a pris plein de photos. Quand on rentrera, on pourra en tirer des diapositives et se faire une soirée avec les enfants pour vous montrer tout ce qu'on aura visité.

Camélia sourit. Ses parents n'arriveront jamais à se remettre de la fin de l'époque « diapositives ». Même elle a la nostalgie de ces petits carrés de plastique blanc qui contenaient des photographies d'une qualité très souvent passable ou médiocre. Mais quel plaisir c'était d'organiser une soirée entre amis ou en famille, avec plein de petites choses à grignoter ! Chaque diapo avait droit à son lot de commentaires, d'explications... ou de rires. Avec sa cousine Maëlle, elles se chamaillaient toujours pour savoir qui des deux aurait le droit de tenir la télécommande à fil du projecteur de diapositives, et ainsi déterminer quand il était temps de changer ou non d'image. La dernière séance était restée dans les mémoires... Camélia devait avoir une vingtaine d'années – était-elle seulement déjà mariée ? – et, tandis que Maëlle et son frère Patrice s'exprimaient mutuellement leur désaccord quant à la vitesse du déroulé, le projecteur avait connu un petit instant de surchauffe, créant une légère panique alors qu'il fumait, brunissant certains clichés au passage.

—Maman, les garçons te l'ont déjà expliqué. Maintenant, vous avez des appareils photo numériques qui fonctionnent sans pellicule.

—Non, pas ton père. Il a retrouvé un vieux Kodak jetable avant de partir. Il veut le terminer pour ne pas gaspiller de bobine avant de le faire développer.

—Si tu veux. Mais quand il en aura fini avec son vieux jetable et qu'il reprendra l'appareil qu'on lui a offert à Noël dernier, il n'y aura pas de pellicule. Toutes les photos sont enregistrées sur une toute petite carte électronique. Et désormais, on peut insérer directement cette petite carte dans un projecteur numérique et regarder les photos défiler en grand, sans avoir à en faire des diapositives.

—C'est bête..., regrette Annie Pinson.

— Je te rappelle que la plupart des clichés étaient flous. Maintenant, c'est impossible avec le modèle d'appareil qu'on vous a choisi.

— Cela avait pourtant du charme, les diapos floues. Moi, j'aimais bien…

Oui, moi aussi. Mince, ai-je pensé à racheter des yaourts ? Je ne sais plus... J'ai bien pris l'allée des laitages et produits frais, je me vois encore marcher en travers. Mais ai-je mis les yaourts dans mon chariot ?

— Bon, et sinon, ma chérie, tout se passe bien chez vous ?

— Ça va. Les jumelles vont bien, elles sont à la plage avec leurs autres grands-parents.

— L'eau est assez chaude pour qu'elles se baignent ? s'inquiète Annie.

— Tu sais, elles ont du sang de Bretons en elles. Chez les Le Guell et les Le Bihan, on ne craint pas le froid. Je pense cependant que Loïc avait plutôt en tête de leur faire construire un château. Il espère sans doute que les jumelles auront plus de patience que Barnabaz et qu'elles ne marcheront pas sur leurs pâtés de sable juste après avoir dressé les tours et creusé les douves…

Je ne suis pas persuadée qu'Anna saura répondre à son vœu... La semaine prochaine, je dois penser à aller acheter de nouvelles sandalettes aux filles.

— Arthur m'a dit qu'il partait lundi à Montreuil pour son dessin animé, continue Annie.

— Oui. Je n'ai donc plus que trois jours pour profiter de lui…, répond pensivement Camélia.

À cette simple évocation, Camélia sent son ventre faire des nœuds. Réussira-t-elle à jongler entre son entreprise et le quotidien, sans aucune aide extérieure ? *Mieux vaut ne pas trop y penser et ne rien projeter, composer heure par heure.*

— Et mes garçons ? Comment vont Gaspard et Nicolas ? reprend la grand-mère attentionnée.

— Très bien. Ils sont à la fin de la dernière ligne droite de leur première année de prépa.

— Et ça leur plaît ?

— Je pense que les classes préparatoires ne sont pas faites pour être agréables, juste pour écrémer. Gaspard a pourtant l'air de se plaire, en physique-chimie. Je crois que c'est plus dur pour Nicolas : il aurait aimé quelque chose de plus concret.

— Et il ne peut pas faire autre chose ? s'enquiert Annie.

— Malheureusement, s'il veut intégrer l'ingénierie, je crois que c'est un passage obligé… Et *idem* pour Gaspard s'il veut rejoindre les rangs d'une grande école de chimie.

— Tu leur diras qu'on pense bien à eux et qu'on leur fait de grosses bises ! s'exclame Annie.

— Tu sais, si tu voulais bien acheter un portable, tu pourrais leur envoyer des petits SMS et ils te répondraient plus rapidement.

— Et devenir comme tous ces abrutis qui ne font que manipuler ce ridicule objet toute la journée ? Ah ça, non. Si tu voyais au club, toutes les personnes de notre âge qui ne décrochent pas de leur téléphone. Après ça, difficile de critiquer les jeunes. Tu veux savoir ce qui est pire qu'un vieux con ?

—Si cela peut te faire plaisir de me le dire…, lâche la jeune femme dans un soupir.

Camélia examine ses mains. Certains de ses ongles sont plus longs que d'autres, voire dédoublés. *Il faut absolument que je me fasse une manucure avant de partir : je ne peux pas aller présenter un parfum dans une maison de luxe avec des mains en si piteux état.*

—Un vieux con pendu à son portable, tranche sa mère. Comme si ceux qui nous entourent pensaient réellement qu'on a des affaires urgentes à régler, alors qu'on peut s'accorder un verre de porto à la terrasse d'un café en pleine journée, ou passer l'après-midi sur la plage. C'est ridicule…

Camélia hoche silencieusement la tête, les yeux dans le vague. *Je dois encore préparer mes valises, me faire un soin du visage, me laver les cheveux et me faire un brushing... Et je n'ai qu'une envie, me coucher et dormir durant des jours entiers.*

—Et toi ? Es-tu prête pour ton rendez-vous ?

—Ça va…

—Eh bien, que d'enthousiasme !

—Je suis très contente de me rendre chez Feydeau et de pouvoir collaborer avec eux. Pourtant… Je ne sais pas, je crois que je ne suis pas tout à fait satisfaite du parfum.

—Mais c'est une sorte de premier jet, non ? observe Annie.

—Oui.

— Donc, ils te diront vers quelle senteur t'orienter si ça ne leur convient pas tout à fait, ne t'inquiète pas. Je suis sûre que tout va très bien se passer.

Si seulement...

— Après tout, s'ils sont venus te chercher, c'est bien parce qu'ils aiment ce qu'ils entrevoient en toi !

Espérons-le... Camélia pense à tout ce qu'elle doit encore accomplir avant son futur rendez-vous parisien. Elle a les premières notes, mais il manque encore quelque chose dans l'accord, sans qu'elle réussisse cependant à saisir quel ingrédient avec exactitude. *Plus que deux jours...*

— Et si ce n'est pas suffisant ?

— Ça l'est amplement. En plus, tu m'as bien dit que le parfum devait être bientôt en vente ? Et que leur premier parfumeur leur avait fait faux bond ?

— Oui.

— Alors, je ne crois pas qu'ils puissent se permettre de perdre plus de temps en cherchant un autre nez et en lui laissant encore moins de temps qu'ils ne t'en ont donné à toi.

— Sans doute…

Camélia espère sincèrement que seules ses capacités et ses qualités de nez seront prises en compte. Mais si les contraintes de temps peuvent également peser dans la balance pour ne pas qu'elle se fasse éjecter du projet, elle n'est pas contre.

Quelques minutes plus tard, Annie Pinson prend enfin congé de sa fille, en demandant avant cela à son mari, présent lui aussi dans la cabine, s'il a quelque chose à ajouter. Connaissant le caractère plutôt taiseux de son père, Camélia serait étonnée qu'il ait envie de lui faire la conversation, d'autant que sa femme vient d'épuiser tous les sujets possibles.

—Charles, veux-tu parler à Camélia avant que je ne raccroche ? Enfin, que baragouines-tu ? Je ne comprends rien, entend leur fille en sourdine.

En raccrochant, près de trente minutes après avoir pris le combiné, Camélia fait des petits mouvements de la tête, pour tenter maladroitement de dénouer les tensions qui se sont installées dans son cou. *J'irai mieux après ma rencontre avec Feydeau. Le stress ne doit pas arranger les choses... J'appellerai plus tard pour prendre un rendez-vous chez l'ostéopathe.*

Aela et Anna vont rentrer de la plage où elles passent l'après-midi avec leurs grands-parents paternels, Augusta et Loïc. Mais Camélia peut encore s'octroyer une bonne heure de répit, qu'elle compte bien mettre à profit en retournant travailler dans son atelier. Juste avant cela, elle passe par la cuisine chercher une pêche. Et ce qui l'attend l'énerve et la fatigue par avance : les deux cabas patientent sagement au pied du plan de travail, sans que l'idée de ranger les provisions ne soit venue effleurer la tête de son mari. *Je lui ai demandé d'emporter les courses dans la cuisine, pas de les ranger... Franchement, est-ce de ma faute si je ne trouvais pas nécessaire de préciser ?*

*

Le lendemain matin, tout juste sortie de la maison pour se rendre à son atelier, Camélia revient en trombe dans la cuisine où Arthur finit de boire son café, toujours attablé.

—Arthur ! Regarde mon pantalon, non mais regarde ! Le lin est tout détrempé sur au moins vingt centimètres !

Arthur examine le pantalon de sa femme, sans toutefois comprendre l'objet de son énervement.

—Bon sang, peux-tu me dire une bonne fois pour toutes quand tu comptes tondre cette pelouse ?

Cette fois, les choses sont claires.

—Bientôt, ne t'inquiète pas, lui répond-il en se frottant le front.

—Bien sûr que si, je m'inquiète ! Cela fait plus de deux mois que tu me réponds systématiquement la même chose.

—Je ne peux pas tout faire, je te signale que j'ai du travail.

—Moi aussi, j'en ai !

—En ce moment, je priorise, explique-t-il calmement.

Moi aussi, j'aimerais pouvoir me focaliser sur un seul domaine. Mais je ne peux pas : je dois prioriser sur tout, tout le temps. Camélia serre les mâchoires, sentant le bas de son visage se crisper totalement, et demeure sans voix. Jusqu'à ce qu'elle regarde de nouveau par la fenêtre et remarque quelque chose qu'elle n'avait pas encore vu… *Il se fiche de moi !*

—Ah oui ? Parce qu'installer une mini-piscine gonflable est une priorité, sachant qu'on habite à quelques centaines de mètres de la plage ? demande-t-elle, incrédule.

—Mais je ne peux pas dessiner à la plage, tandis que dans le jardin, oui. C'est plus pratique pour moi de laisser les filles faire trempette pendant que je travaille sur la terrasse.

—Quand l'as-tu installée ?

—Hier.

—Donc, tu as eu le temps pour gonfler une piscine et la remplir ?

—Avec ma pompe à vélo et un tuyau d'arrosage, j'ai été bien aidé…, réplique son mari.

Et Arthur continue à profiter de son café, sans arriver à saisir pour quelle raison les femmes peuvent être si furieuses pour une simple histoire de gazon… Camélia sait qu'elle ne devrait pas s'énerver pour si peu, mais elle est fatiguée de porter la maison à bout de bras. Elle se ressaisit :

—Écoute, j'aimerais simplement que tu tondes avant de commencer ton dessin animé : est-ce vraiment trop te demander ? Regarde dehors : l'herbe n'a pas été coupée depuis octobre dernier et elle est si haute que je crains de te voir jouer *Arthur et les Minimoys* à chaque fois que tu emmènes les jumelles dans le jardin !

Son mari commence à rire… jusqu'à ce qu'il croise le regard désespéré de sa femme.

—Promis, je vais le faire.

—Quand ?

— Quand tu seras à Paris. Ainsi, je ne te gênerai pas pendant que tu crées.

Camélia hésite : son mari tiendra-t-il sa parole ? Ou doit-elle lui faire signer un document contractuel qui stipule l'heure et le jour de tonte ?

— Tu peux aller travailler, insiste-t-il.

Et elle abdique.

5

Quand son réveil sonne, Camélia se trouve dans un entre-deux brumeux : ni tout à fait endormie, ni parfaitement réveillée. Comme Arthur, elle a passé presque toute la nuit debout, à faire des allées et venues entre leur chambre et celle de leurs filles. Sachant qu'elle devait se réveiller tôt, son mari lui a gentiment proposé de se rendormir et de lui laisser gérer la situation, mais en tant que maman, Camélia n'a pu se résoudre à cette solution. Des jumelles de deux ans qui ont attrapé un coup de froid après leur repas et qui vomissent à intervalles réguliers sur le parquet ou dans les draps qu'il faut ensuite changer, c'est plutôt sportif.

Arthur entre dans la chambre, épuisé.

—Cami, il est six heures. Tu dois te lever.

Camélia se redresse sur ses coudes avec difficulté, tandis que son mari enlève son tee-shirt.

—Qu'est-ce que tu fais ?

—Aela m'a laissé un petit cadeau tout à l'heure, quand je lui faisais un câlin. Ce haut pue tellement que j'hésite entre le laver et le jeter, répond-il en grimaçant.

—Elles vomissent encore ? demande anxieusement Camélia.

—Non, pas de nouveau jet à déplorer depuis une bonne heure, au moins.

—Tu leur as donné la solution de réhydratation orale ?

—Oui. Juste avant qu'elles ne s'endorment.

—Elles sont encore couchées ?

—Non, plus maintenant. Elles viennent de se réveiller. Et même si, comme nous, elles n'ont pas profité de plusieurs heures de sommeil, j'aime à te dire qu'elles sont en pleine forme. Au rez-de-chaussée, ça trottine sec.

À peine Arthur finit-il sa phrase qu'ils entendent une de leurs deux filles s'époumoner.

—Il me reste encore quelques heures de travail pour terminer ma dernière planche. Je pense que je vais faire appel à un joker pour s'occuper des filles aujourd'hui…

—Joker Augusta ou Joker Loïc ? plaisante Camélia.

—Celui des deux qui sera assez fou pour accepter.

Il enfile un sweat qui traîne sur la banquette, au pied du lit.

—Bon, j'y retourne, se résout-il finalement. Tu ferais bien de te lever si tu ne veux pas rater ton train.

Et il sort de la chambre, las.

Camélia ne rêve que d'une chose : fermer les yeux et profiter encore un moment de la tiédeur de son lit. *Si seulement je pouvais me rendormir...* Elle n'en a pas le temps. Elle se force à sortir des draps. Elle avise sa tenue, déjà prête, sur le petit fauteuil crapaud. Hier soir, elle a mis près d'une heure à choisir cette robe gris perle en laine d'été, qui réussit à ne pas lui donner un air trop guindé ou, au contraire, trop négligé. Camélia visite une grande maison et elle doit se montrer à la hauteur des exigences.

Elle prend une douche rapide et froide, la seule façon d'être sûre de ne pas traîner trop longtemps sous un jet d'eau bouillant qui aurait un effet soporifique sur elle. Encore en sous-vêtements, en train de se maquiller, elle regarde la montre à son poignet : il est bientôt sept heures, elle doit se dépêcher. Elle galbe ses cils d'une dernière couche de mascara, puis choisit avec soin un rouge vif qu'elle glisse dans son sac et qu'elle ne déposera que plus tard sur ses lèvres, quand elle sera assise dans son compartiment.

Camélia pratique quelques contorsions pour parvenir à entrer dans la robe cintrée. Pour la fermer, elle tente difficilement de rapprocher les deux pans de tissus sous son bras avec sa main gauche, tandis que sa main droite tire la fermeture Éclair. *Pourvu que je ne me pince pas la peau si la tirette part d'un coup sec.* Le zip coulisse avec difficulté jusqu'à finalement réussir à remonter intégralement la glissière. *Opération « Fais-toi une tête, étape 2 » : passons aux cheveux.* Face au miroir, Camélia est désemparée. Son brushing impeccable de la veille n'est plus qu'un pâle souvenir puisqu'elle a dû de nouveau se laver les longueurs après avoir pris une de ses filles malades dans ses bras… Une seule solution. Elle allume son fer à lisser qui n'avait pas été sorti de son tiroir depuis fort longtemps et elle lisse un peu les longueurs à la va-vite, avant de s'appliquer davantage sur les mèches entourant son visage.

Ainsi, avec quelques épingles, Camélia remonte ses cheveux en un chignon flou.

—C'est bon, je suis prête, souffle-t-elle à son propre reflet dans le miroir.

Elle s'observe une dernière fois, pour être sûre d'elle, sûre de ne rien avoir oublié ou négligé pour son apparence. Deux grandes respirations bruyantes plus tard, Camélia se retrouve au rez-de-chaussée, face au placard à chaussures caché par des boiseries, sous l'escalier.

Rouge ou noir ? Camélia hésite : elle ne doit pas se louper sur la couleur des escarpins qu'elle compte choisir.

—Rouge... Pour un ensemble classique avec une pointe de sophistication, réfléchit-elle à voix haute. Et noir... Le classique chic.

Elle fait la moue. Vernis rouge ou peau noire lisse ? Les talons de chaque paire mesurent la même hauteur, neuf centimètres et demi, pour allonger ses jambes. *Quitte à me grandir, je veux les talons les plus hauts possible...* Les deux types d'escarpins sont pointus et découpés selon un même décolleté qui dévoile sensuellement les courbes du pied.

—Arthur ? Arthur, j'ai besoin de ton aide !

Mais son mari ne répond pas. *M'entend-il seulement ? J'ai un doute...* Elle entend les filles rires tandis qu'Arthur, en train de s'occuper d'Anna et d'Aela dans la cuisine, les gronde gentiment.

Elle enfile donc une chaussure de chaque paire, une rouge et une noire, avant de partir quérir les conseils de son époux à la table du petit-déjeuner, en prenant les deux chaussures restantes dans chacune de ses mains. *On ne sait jamais, s'il préfère me voir essayer chaque paire comme il faut, cela m'évitera un aller-retour au placard.*

Quand Camélia déboule dans la cuisine, elle découvre son mari, las, qui se tient la tête entre les mains, massant ses tempes du bout des doigts, faisant face aux jumelles qui plongent allègrement les doigts dans leur bol. La table est recouverte en divers endroits de pâtée grumeleuse et beige, que Camélia identifie aussitôt comme du porridge.

—Bonjour, mes pitchounes !

Et Camélia embrasse les deux petites têtes brunes qui continuent à parler de piscine et de coquillages, d'après ce que leur mère semble saisir.

—Arthur, je souhaite avoir ton avis, lui demande-t-elle. Rouge ou noir ?

Il se penche légèrement pour voir ce que sa femme porte aux pieds.

—Rouge, sans l'ombre d'une hésitation, lui conseille-t-il.

—Tu es sûr ?

—Sûr. Avec ton trench noir, le tout te donnera un air trop triste, sinon.

—C'est donc parti pour les escarpins rouges ! Merci.

Camélia se penche vers Arthur et ils frottent mutuellement le bout de leur nez, avant de s'embrasser.

— À ce soir, souffle-t-elle.

— À ce soir… Je suis certain que tu vas leur en mettre plein la vue. Ou plutôt, plein le nez, à cette bande de costumes cravates.

« Câlin maman », chante Aela, aussitôt imitée par sa sœur. Camélia pose les chaussures encore dans ses mains et prend ses filles dans ses bras.

— Je vous aime, mes puces.

— On va à la plage ? demande Anna.

— Non, pas de plage, aujourd'hui. Je dois partir travailler et je vous demande d'être très gentilles avec papa qui est fatigué. D'accord ?

— Oui, répondent les jumelles dans un sourire presque effrayant.

À leur tête de conspiratrices, Camélia est loin d'être rassurée…

— OK… Arthur, tu as pu avoir tes parents ?

— Mon père sera là à neuf heures…

— Tiens le coup ! lui lance Camélia en serrant le poing.

— Je vais essayer…

— Bon allez, je dois filer, sinon je vais arriver en retard à la gare.

Un dernier baiser à chacune de ses filles, un autre envoyé à son mari en embrassant le bout de ses doigts et Camélia file, attrapant ses affaires déposées dans le hall au passage. Une minute plus tard, la petite Fiat 500 s'élance dans l'allée, faisant voltiger quelques graviers.

*

J'ai l'impression d'avoir oublié quelque chose... Camélia regarde de nouveau dans son sac à main, puis dans son porte-documents. Elle a sa carte d'identité, son portefeuille, sa carte bancaire et même un peu de monnaie, une crème pour les mains, un déodorant, un paquet de mouchoirs, des languettes de papier pour le test olfactif, deux flacons de son parfum – dont un de secours pour le cas où le premier connaîtrait un funeste destin –, ses documents…

Non, je ne vois pas. Alors pourquoi cette sensation perdure-t-elle ? J'ai embrassé Arthur et les filles, j'ai pris mon trench... Camélia se creuse la tête pendant plus d'un quart d'heure, passant en revue tous ses gestes depuis son lever. *Mon parapluie ! J'ai oublié mon parapluie ! Enfin, je sais ce qui cloche. Tant pis, ce n'est pas grave. J'espère que le temps se montrera juste assez clément pour ne pas déverser un déluge avant mon rendez-vous.* Elle observe le ciel et s'adresse mentalement à lui, regardant défiler les quelques nuages qui le parsèment. *Après, c'est tant que tu veux : je m'en fiche pas mal d'afficher une coupe disco pour le trajet de retour.*

Camélia expire fortement, enfin rassérénée. Côté allée, elle peut dorénavant observer à son aise les autres voyageurs dans son compartiment. Ce qui est drôle, c'est que plusieurs d'entre eux la fixent. Ou plutôt, ils fixent ses pieds. Camélia risque elle aussi un regard vers ses extrémités. *Oh mon Dieu...* Elle, qui hésitait il y a peu entre sa paire d'escarpins rouges et les noirs, voit de quelle façon son inconscient a tranché : elle porte une chaussure de chaque paire. La rencontre risque de démarrer sous des auspices peu prometteurs, la maison Feydeau étant davantage connue pour le classique chic que pour l'originalité. Devra-t-elle plaider l'erreur pour cause de manque de sommeil ou faire semblant de rien, comme si le choix était voulu ? Quand elle marchera, elle pourra sans doute essayer de camoufler ce manque de goût en se pliant un peu sur un côté, et en positionnant ses sacs devant un de ses pieds. Et pendant la présentation ? Facile, elle n'apparaîtra que de profil ! *Walk like an Egyptian ? Ça peut marcher... Mais bien sûr que non, qu'est-ce que je crois ? Je suis Camélia, et non pas un membre des Bangles !* Le train a pris un peu de retard, elle va tout juste avoir le temps de rejoindre le siège de l'entreprise où on l'attend. Camélia ne pourra pas faire une halte par un magasin de chaussures pour arborer une nouvelle paire de talons hauts. Pire que d'apparaître en mode Cruella d'Enfer, c'est d'être attendue par des personnes pour qui chaque seconde compte et vaut des milliers d'euros. De nouveau, un coup dans l'estomac lui porte au cœur. Elle sent l'eau salée envahir ses globes oculaires et s'amonceler sous le rebord de ses paupières. Pour ne pas pleurer, pour ne pas que son maquillage dégouline et que ses yeux soient gonflés, Camélia tourne son visage du côté de la vitre et du paysage. Elle essaie de ne pas cligner trop vite des paupières, afin de ne pas entraîner les larmes le long de ses joues. Elle se mord également les lèvres, pour tenter de résister à l'envie de se mettre en position fœtale et pleurer toutes les larmes de son corps en demandant à ces inconnus autour d'elle d'appeler son mari ou ses parents.

La dernière heure de trajet est des plus pénibles. La boule compacte qui s'est formée n'a pas été délogée de sa gorge, sa bouche est pâteuse et elle a mal au ventre. Mais elle y arrivera parce qu'elle n'a pas le choix : elle fera face à cette journée. Elle aura toujours le temps de s'effondrer après.

6

Quand Camélia est déposée sur le trottoir par son taxi, elle est intimidée. FEYDEAU s'inscrit en lettres capitales platine sur fond noir, sur une immense enseigne brillante accrochée à un immeuble haussmannien. De chaque côté de la porte sont disposés deux immenses pots assortis à l'inscription, accueillant chacun un rosier hybride de thé aux pétales rouge vif. *Vas-y Camélia !* Et elle pousse la porte à tambour, se retrouvant instantanément dans un autre monde dans lequel tout n'est que blanc et noir, avec quelques touches de rouge ou de platine savamment dispersées çà et là.

Elle sursaute quand une grande main se dépose sur son épaule. Elle se retourne et se retrouve forcée de regarder d'en bas un employé de sécurité en costume noir qui doit mesurer dans les deux mètres. *Pourvu qu'il ne croie pas que j'avais l'intention de passer entre les mailles du filet...* D'un geste, il lui fait signe de déposer ses sacs avant de passer dans le portique de détection de métaux. Il hoche la tête et l'invite à reprendre ses affaires.

—Bonne journée, lui lance-t-il d'une voix de stentor.

—Oui… Merci, à vous aussi ! répond timidement Camélia.

Bon sang, face à lui, j'ai l'impression d'avoir cinq ans. C'est certainement l'effet recherché… Elle remarque que l'attention de l'agent de sécurité s'attarde sur ses pieds, sans pour autant que ce dernier se risque à la moindre remarque. *Peut-être qu'avec tous les gens originaux qu'il croise dans le milieu de la mode, il a l'habitude des excentricités. J'espère que oui…*

Elle se dirige vers la banque d'accueil où une jeune femme tapote sur un clavier d'ordinateur. Très brune avec une frange courte lui barrant le milieu du front, la standardiste a l'air d'être dans son élément. Quel âge a-t-elle ? Camélia se le demande, ayant l'impression de se retrouver devant une de ces filles pré-pubères vieillies artificiellement à coups de maquillage racoleur et autres logiciels de retouche quand elles posent en une des magazines. Son teint est très travaillé et Camélia remarque le fard taupe pour creuser davantage ses joues et faire ressortir plus encore ses pommettes déjà saillantes. Elle est perdue dans sa contemplation puisque la jeune cheffe d'entreprise ne saisit pas tout de suite qu'elle a enfin l'attention de la standardiste. Enfin, jusqu'à ce que celle-ci lui demande :

—Que puis-je pour vous ?

Camélia balbutie avant de se reprendre :

—Bonjour, Camélia Pinson-Le Bihan. Je suis attendue par… par… Oh mince, j'ai oublié leur nom.

Super ! Très professionnel ! Bravo Camélia ! L'autre la fixe, sans chercher à l'aider. Peut-être rencontre-t-elle régulièrement des inconnus qui demandent à être reçus par la direction, d'où une certaine froideur ?

—Je suis navrée, mais je suis légèrement intimidée, confie-t-elle dans un sourire, espérant s'attirer un peu de sympathie de la part de la jeune employée.

Peine perdue. L'autre attend, sans cligner des yeux.

—Je suis le nouveau nez. On m'a convoquée pour faire découvrir la première ébauche d'un parfum au président du groupe et au directeur artistique. Et je n'arrive pas à me souvenir de leur nom, bafouille Camélia.

—Eh bien, il fallait le dire tout de suite que vous étiez madame Pinson-Le Bihan, ça m'aurait fait gagner du temps.

Camélia n'en revient pas de cette grossièreté doublée de cet aplomb : la politesse n'est-elle pas la première des qualités demandées quand on est employé dans une maison de luxe ? Pour qui se prend cette nymphette tout juste sortie de ses langes ? Le rouge lui monte aux joues tandis que la standardiste se tourne vers son ordinateur et, sans détacher l'écran du regard, pointe de l'index l'ascenseur du hall, portes métalliques noires enfoncées dans un mur blanc brillant :

—Cinquième.

—Et à quelle porte du cinquième étage ? Qui devrai-je demander ?

—Personne. Vous attendrez sur les sièges, on viendra vous chercher.

Et l'autre recommence à pianoter. La minute d'attention qu'elle a daigné accorder à Camélia vient de s'achever.

Les talons de Camélia claquent sur les dalles de marbre noir et blanc, juste avant qu'elle s'engouffre dans la cage métallique. Elle sent la cabine monter, lui soulevant légèrement le cœur, comme dans les montagnes russes, freiner doucement, et s'arrêter. *S'il te plaît, ne tombe pas en panne. Ne tombe pas en panne. Je n'ai pas le temps pour ça, aujourd'hui...* Mais non, les portes s'ouvrent dans un glissement muet. Au cinquième étage, tout est blanc. Au début, ce blanc à perte de vue l'aveugle. Elle connaît même quelques difficultés à discerner quoi que ce soit avec toutes ces fines ampoules leds qui sortent des murs, des sols et des plafonds, faisant ressortir l'aspect immaculé du lieu.

Dans le vestibule, pas âme qui vive à part la sienne. Aucun bruit, aucun signe de présence. Un hall blanc, sans autre sortie que l'ascenseur, sans même une fenêtre. *Qu'est-ce que je suis censée faire ici ? Ce n'est tout de même pas une salle de réunion ? Il n'y a que deux bancs de cuir blanc et aucune table.*

—Bonjour ?!

Personne ne répond, Camélia n'est pas très rassurée. Alors qu'elle se dit qu'elle ferait mieux de reprendre l'ascenseur pour retourner auprès de la (ô combien) sympathique préposée à l'accueil, les portes se referment et elle entend la cabine glisser vers un autre étage. *Prise au piège comme un rat.*

Elle tente de se raisonner et s'assied sur le banc capitonné à sa droite. Le siège est extrêmement inconfortable, dur comme du bois malgré son aspect accueillant. *Ainsi, les gens ne risquent pas de vouloir traîner ici. À moins que posséder un postérieur soit désormais totalement dépassé dans ce milieu...* En déposant ses sacs par terre, entre ses pieds, elle avise ses chaussures dépareillées. Depuis son entrée dans l'immeuble, l'accueil qu'on lui a réservé est tel qu'elle avait totalement oublié qu'elle porte des escarpins aux couleurs dissemblables. À toute chose, malheur est bon…

Camélia tend l'oreille : toujours aucun signe de vie provenant d'employés. Pourtant, dix minutes sont déjà passées depuis son arrivée à ce cinquième étage. *Si personne ne vient d'ici une demi-heure, j'appelle les secours, c'est décidé.* Elle prend son portable quelques minutes, pianote, vérifie ses messages : apparemment, tout se passe bien chez elle, Arthur lui a même envoyé une photo de son père et des filles en train de jouer dans le salon de musique comme preuve, se servant des pots de peinture entreposés comme des obstacles. *Il faudra vraiment qu'on repeigne les murs, l'ancienne peinture est prête à s'écailler.* Elle coupe la sonnerie et range son smartphone dans la petite poche intérieure de son sac, pour ne pas avoir à le chercher trop longtemps quand elle en aura besoin.

Enfin, des bruits de pas. Une partie du mur en face de l'ascenseur disparaît comme par enchantement dans la cloison, et Camélia découvre une petite rousse souriante, en tailleur noir, avec un pantalon sept-huitièmes et un tee-shirt fluide, certainement en soie.

—Madame Pinson-Le Bihan ? Bonjour, Agathe Thomasini, assistante de François de Ledon, le directeur artistique. C'est moi que vous avez eue au téléphone.

—Bonjour, madame.

Camélia se lève et elles se serrent chaleureusement la main. *Enfin, quelqu'un ici qui sourit !*

—Voulez-vous bien me suivre ?

Camélia prend les poignées de ses deux sacs dans sa main droite, son trench glissé sur son avant-bras gauche, et elle trottine derrière Agathe, passant par la porte dérobée qui mène à un long corridor, sur les murs duquel sont accrochées les plus belles couvertures de magazines et publicités de la maison, richement encadrées.

—Veuillez nous excuser pour le retard, explique Agathe sans cesser de se presser, mais on a eu un problème ce matin avec un lancement marketing au Japon. C'est un peu la course…

En atteignant le bout du couloir, Agathe frappe trois coups secs à une porte d'aspect métallique, avant de l'ouvrir et d'inviter Camélia à la suivre. Dans la salle de réunion, autour d'une immense table où ne trône qu'un téléphone de conférence en son centre, plusieurs personnes l'attendent. Agathe se glisse furtivement sur l'une des chaises laissées vacantes, à côté d'un homme tout de noir vêtu arborant une pochette de costume rouge comme seule touche de couleur, homme qui se trouve être François de Ledon.

Les salutations sont brèves et personne ne se lève. Le directeur artistique présente avec force compliments le président du groupe Feydeau Paris, avant de passer très rapidement aux autres employés présents. Mais comment retenir les noms et fonctions d'une dizaine de personnes en si peu de temps ? *De toute façon, les autres doivent juste être là pour faire tapisserie. Jamais ils ne prendront le risque d'exprimer un désaccord avec l'un de leurs patrons.*

— Souhaitez-vous prendre quelque chose, avant que nous ne commencions ? lui demande une employée jusque-là restée tapie dans un coin.

Camélia suit des yeux ce que l'autre désigne du plat de la main : une console qui fait office de véritable buffet où reposent diverses grandes Thermos d'eau, de thé et de café – déca ou non –, des viennoiseries, des fruits et une centrifugeuse, des biscuits, des madeleines… *Eh bien, on veut peut-être des mannequins faméliques sur les affiches, mais en haut lieu, on ne se refuse rien...* Camélia est tellement stressée qu'elle n'a pas faim : rien ne pourrait passer par sa gorge toujours contractée. Même l'air connaît quelques difficultés à se frayer un chemin jusqu'à ses poumons.

— Asseyez-vous, je vous en prie, lui lance le président du groupe, un petit homme ventru qui se sent certainement plus à sa place au milieu d'analystes financiers qu'au premier rang d'un défilé.

Camélia esquisse un sourire à son attention, qui reste sans réponse. *Super sympa, bonjour l'ambiance chez Comiques & Co...*

— Aujourd'hui, commence le directeur artistique, c'est une journée merdique pour toute l'équipe. On a de gros problèmes de *booking* pour le lancement de notre brume corporelle sur le *market* japonais, ce qui fait qu'on est *over busy*... On va essayer de faire vite, si vous le voulez bien.

Camélia ne saisit pas tous les mots qui sortent de sa bouche. *Qu'est-ce que c'est que ce charabia de franglais ?* Mais elle hoche la tête. Elle pose son sac à main et son trench sur la chaise pivotante laissée libre à son attention, avant d'ouvrir son porte-documents sur la table. Elle en extirpe un des flacons de son parfum, son dernier cru, qu'elle libère de l'écharpe en soie dans laquelle elle avait pris soin de l'envelopper, afin de limiter les risques de casse. Elle sort également les testeurs d'une des poches – elle a bien fait d'en apporter – et, tout en faisant le tour de la table, commence à vaporiser son jus sur chaque morceau de papier qu'elle distribue à chacun des participants. Les doigts couverts de parfum de Camélia redonnent en certains endroits un aspect transparent au flacon de verre givré. Toutes les personnes présentes dans la salle reniflent leur testeur, certaines en le passant et repassant sous leur nez, d'autres en le secouant frénétiquement devant elles, comme un ancien thermomètre au mercure. Camélia, revenue à sa place, s'essuie le bout des doigts sur un mouchoir en papier, avant de se lancer dans les explications, le testeur à portée de nez. Elle espérait d'abord recueillir quelques avis encourageants, mais tous demeurent muets.

— Vous souhaitez commercialiser un nouveau jus à l'occasion des fêtes de fin d'année, je suis donc partie sur une base assez capiteuse. Vu ce qui m'a été demandé et expliqué, vous destinez ce parfum à une clientèle qui a les moyens de ses envies et qui se trouve dans la tranche d'âge 35-60 ans.

Toujours aucune réaction. *Rien de tel qu'un monologue pour vous mettre à l'aise !*

—Ce type de femmes, à moins qu'elles ne jurent que par un seul parfum qui soit devenu leur grand classique, aiment à multiplier les senteurs. Elles accordent leur odeur à leur tenue, à leur humeur et à la saison. Dès septembre, le parfum d'été sera remisé au placard.

Si l'un d'entre vous souhaite ajouter son grain de sel, n'hésitez surtout pas ! Non, personne ?

—Pour avoir un côté charnel sans me départir du côté fleuri, je me suis tout naturellement dirigée vers une rose de Damas, d'origine garantie : mon fournisseur travaille avec une petite exploitation familiale qui est dans la culture de la rose depuis des générations.

Enfin, une réaction !

—C'est tout ? demande le président.

—Oh, je ne connais pas tout de l'exploitation, mais je peux me renseigner si vous…

—Non, le parfum, la coupe-t-il sèchement. Vous n'avez recentré votre création qu'autour d'une déclinaison de rose ?

—Pas seulement : pour renforcer le côté fleuri, j'ai travaillé sur des notes de tête, jasmin et angélique, et sur un cœur associant le néroli et l'osmanthus. En fond, de la mousse de chêne, du patchouli et une pointe d'ambre. Au départ, je pensais à de l'iris, mais l'ambre donne un côté plus solaire et peut-être moins convenu.

Camélia guette une approbation du président du groupe ou du directeur artistique. Aiment-ils ? Quels changements voudraient-ils qu'elle apporte ?

— Je me demandais…, avance François de Ledon.

Oui ? Parle, vas-y, parle !

— Vous avez travaillé avec des extraits naturels ? lui demande-t-il.

— Oui, quelle que soit ma création, je ne travaille qu'avec du naturel. Rien ne vaut un véritable extrait plutôt que de la chimie de synthèse. Sauf pour l'ambre. Et le musc, bien entendu… Je ne tiens pas à tuer des petits animaux pour exploiter leurs glandes, ajoute-t-elle. Mais dès que j'ai le choix, ce sont des extraits naturels.

— Et la mousse de chêne ?

— Aussi, mais je connais ses propriétés allergisantes. Donc, la formule ne sera pas affectée si on le substitue par de l'evernyl et de l'orcinyl 3 dans la composition finale. Ainsi, on ne craindra pas d'effet secondaire pour les clientes.

François de Ledon pose le testeur sur la table, imité en cela par tout le reste de la bande dans la seconde qui suit.

— Que pensez-vous de votre création ? l'interroge-t-il.

La jeune cheffe d'entreprise n'est pas sûre de saisir le sens de ce propos :

— Vous souhaitez que je vous parle davantage de mon cheminement ?

— Non. Que vous fassiez votre propre autocritique.

Camélia danse d'un pied sur l'autre. Lycéenne, elle détestait déjà qu'un professeur demande à l'élève interrogé de juger et de noter lui-même son exposé. Elle a l'âge d'avoir passé ce genre d'humiliation publique ! Dans la salle, certains membres du personnel doivent avoir l'habitude de ce type de comportement, puisque leur attention est tout entière consacrée à leur smartphone.

— Eh bien… Il me semble que cela correspond à ce qui m'a été demandé, un fleuri…

Et la phrase de Camélia reste suspendue dans les airs. *Quel est le mot déjà ?* Tous la regardent, dans l'attente qu'elle décrive sa formule.

— Un fleuri…, reprend Camélia, sans toutefois réussir à retrouver l'expression.

Les mots s'entrechoquent dans sa tête. La fatigue accumulée lui provoque une perte de mots momentanée, comme elle en a déjà fait les frais par le passé. *Il fallait bien que ça tombe aujourd'hui !* Elle cherche, se revoit pendant ses cours, sa formation. Mais finalement, tout est balayé par le raz-de-marée habituel et tout ce à quoi elle peut penser se résume à ses filles, son mari, leur quotidien et tous les mots qui y sont rattachés : dodo, vaisselle, courses, peinture, repassage, jouets, rangement, goûter, piscine, gazon… Ils se bousculent et se bagarrent.

Autour de la table, tous continuent de la fixer. Peut-être pensent-ils qu'elle est sujette à un AVC ? Il lui faut un moyen pour s'en souvenir… *Le pays ! Chypre !*

— Un fleuri chypre ! s'exclame-t-elle finalement.

— Ne m'en veuillez pas si je ne vous applaudis pas, mais je ne vois pas ce qui peut vous apporter autant de fierté…

Les petits yeux de François de Ledon sont braqués sur Camélia qui se décompose au fur et à mesure que les paroles sortent de sa bouche.

— Ce parfum… c'est tout bonnement une horreur ! Je refuserais même d'en asperger mes waters, c'est à ce point-là ! Je vous le dis très sérieusement parce que je pense que vous devriez évoluer dans une autre branche, vu que votre nez est apparemment complètement bouché. C'est un travail bâclé.

Camélia a le souffle coupé. *Oui, c'est vrai que je n'en suis pas satisfaite à 100 %, qu'il lui manque quelque chose, mais de là à dire que c'est bâclé… Peau de vache !*

— Je ne crois pas que…

L'autre lève la main pour la faire taire. *Là encore, quelle grossièreté !*

— Maintenant, on peut conclure que vous nous avez fait perdre assez de temps comme ça. Patrick, quelque chose à ajouter ?

— C'est infect, lâche le président.

— Très bien, tout est dit. Agathe va vous raccompagner.

Qu'est-ce que cela veut dire ? Tout peut-il vraiment finir ainsi ? Sans que l'aventure n'ait réellement eu le temps d'avoir commencé ? Sa bouteille de parfum toujours serrée entre les doigts de sa main droite, comme si cette partie de son corps voulait s'accrocher à un ultime espoir, elle attend la suite. Une entrevue ne peut pas se terminer ainsi. Qu'ils lui disent ce qu'ils aimeraient voir modifier et elle le fera ! Oh ça oui, elle peut même le jurer, cracher par terre ou dans la main du PDG pour le prouver.

—Ce sera tout, assène le directeur artistique, visiblement agacé qu'elle soit toujours devant lui et qu'elle n'ait pas déjà prestement dégagé le plancher.

La sanction est sans appel : son travail est une déception. *Au moins, ils n'ont pas vu mes pieds. C'est toujours ça de pris.* Elle range ses affaires, enfile son trench – elle a froid subitement ! – et empoigne ses deux sacs avant de prendre la direction de la porte.

—Madame Pinson ?

Monsieur de Ledon l'interpelle tandis qu'elle s'apprête à sortir, le cœur au bord des lèvres. *Peut-être qu'il souhaite me donner une seconde chance ?* Le palpitant battant à tout rompre, elle attend tellement ! Jusqu'à ce qu'elle se rende compte que lui et tous les autres fixent ses escarpins bicolores, un sourire carnassier – plus ou moins dissimulé – sur le visage.

—Non, rien.

Et elle les entend rire quand la porte se referme derrière elle et qu'elle emprunte une seconde et dernière fois le grand couloir.

*

Il faut que je me tire vite d'ici... Mince, où sont les boutons pour appeler cet ascenseur de malheur ?!

— Excusez-moi… Agathe ! interpelle-t-elle l'assistante qui, après l'avoir raccompagnée, reprend le chemin de la salle de réunion. Pourriez-vous me dire comment on sort d'ici ?

Agathe Thomasini revient sur ses pas et frappe trois fois des mains, déclenchant l'ouverture des portes automatiques. En voyant la mine déconfite de Camélia, l'assistante prend quelques secondes pour lui presser doucement le bras, en signe de réconfort.

— Ne vous en faites pas. Ce n'est pas parce qu'ils ne veulent plus de vous sur ce projet que vous n'avez aucun avenir dans ce milieu. C'est un univers de faux-semblants : tout ce qui est top une semaine, peut devenir flop la suivante, et vice-versa. J'ai déjà vu des jeunes stylistes recevoir le même accueil que vous, avant que la maison Feydeau ne revienne les chercher deux saisons plus tard. Rien n'est jamais joué…

— Mais comment allez-vous faire pour sortir un parfum pour Noël ? Aucun nez n'acceptera de travailler dans des délais encore plus courts que les miens !

— Vous faites fausse route, lui explique doucement Agathe, comme une confidence. Après la défection du premier nez, on vous a contactée, vous ainsi que quatre autres de vos confrères. François de Ledon aime à avoir plusieurs coups d'avance sur tout le monde, rien n'est jamais laissé au hasard. Sur les cinq appelés, il n'y aura qu'un élu.

— Et quatre rejetés… dont je fais partie.

Camélia crispe les mâchoires pour ne pas craquer devant une inconnue. Surtout, pour ne pas entrer dans les annales comme la femme qui pleure à chaudes larmes chez Feydeau. Agathe doit le sentir puisque désormais, elle lui caresse le bras.

— Allez, rentrez chez vous, maintenant. Prenez une longue douche délassante, un bon verre de vin, et classez cette journée dans les expériences à vivre que vous pouvez désormais rayer de votre liste.

Camélia pénètre dans la cabine et décoche un sourire triste à la petite rousse, qui lui répond par un signe de la main.

7

Camélia est vidée. Elle marche sans savoir vers quelle destination. Elle n'a qu'un but : s'éloigner le plus vite possible de cet immeuble où elle vient de se faire laminer dans les règles de l'art. Elle se trouve à plusieurs rues de là quand elle sent le barrage qu'elle a tenté d'instaurer depuis ce matin risquer de se briser à tout instant et de déclencher des torrents de larmes sur ses joues. Longeant une avenue, sans réfléchir ni prêter attention au chasseur, elle entre dans le premier bâtiment qui accueille du public : un hôtel, ou plutôt un palace.

Elle est accueillie par un jeune employé avenant. *Que c'est agréable !* Dans le hall, elle attend patiemment son tour derrière un couple de touristes, très certainement américains, à en juger leur accent. Quand vient son tour, Camélia demande une chambre au grand type maigrelet qui la reçoit poliment derrière son *lobby* noir. Elle sait qu'être courtois fait partie des attributions du personnel, mais cela lui fait tellement de bien qu'elle aurait envie de les prendre tous dans ses bras !

— Je suis navré, madame. Nous n'avons plus aucune chambre de disponible actuellement. Puis-je vous proposer une suite junior à la place ?

Camélia pense que c'est bête de jeter l'argent par les fenêtres pour se payer quelques heures dans un hôtel luxueux, elle qui n'a jamais été élevée ainsi. Elle se dit également qu'elle en a bien le droit et, surtout, qu'elle en a bien besoin. Après tout, Feydeau lui a payé une avance pour sa première ébauche, tant pis si elle dépense tout dans un caprice éphémère. De toute façon, elle n'a ni le courage ni la force de prendre le chemin du retour tout de suite. Son côté raisonnable la pousse néanmoins à demander quel est le tarif d'une suite junior, sans pour autant qu'elle veuille l'écouter : hors de question pour elle de passer pour une plouc qui doit estimer l'argent disponible sur son livret A avant de réserver.

— Très bien, s'entend-elle prononcer.

Elle prend une nouvelle fois un ascenseur qui dessert un couloir, plus accueillant celui-là, où chaque bruit de ses pas est étouffé dans l'épaisse moquette. Elle croise deux grooms en habit blanc et une femme de chambre portant une petite robe noire et un tablier blanc, qu'elle salue distraitement. Elle présente le pass à la porte de sa suite, pour entrer directement dans un autre univers feutré, chaud et protecteur. Elle avance timidement sur la moquette aux formes géométriques de camaïeu gris du petit salon. Les fauteuils et le canapé n'attendent qu'elle. Mais pas maintenant… Elle est si épuisée ! Elle se dirige vers la chambre, inondée du soleil de l'après-midi. Elle lâche ses affaires au sol, laisse tomber son trench et se déchausse en marchant. Camélia s'allonge en plein centre du lit moelleux qui semble parfaitement épouser son corps, sans prendre la peine de se glisser dans les draps de lin, sans même remarquer l'imposante tête de lit. Tout ce qu'elle souhaite, c'est du sommeil et un peu de répit…

*

Camélia se réveille en sursaut : combien de temps a-t-elle dormi ? Plusieurs heures certainement, car la lumière est plus faible dans sa chambre. Sa montre lui indique un peu plus de dix-neuf heures. *J'ai donc fait une sieste de plus de quatre heures !* Encore ensuquée, elle s'assied. *Je n'ai pas prévenu Arthur, pourvu qu'il ne se soit pas inquiété.* Elle parcourt les quelques mètres qui la séparent de son sac à main avant de le ramener avec elle sur le lit. Elle sort son portable et vérifie ses messages : aucun. *Au moins, tout se passe bien !* Elle cherche son mari dans son répertoire téléphonique, en faisant glisser la liste de noms d'un simple mouvement de l'index. *Ah, te voilà !* Elle compte cinq sonneries avant qu'il ne décroche :

—Ah Cami, enfin, c'est toi !

—Salut, Arthur.

Elle trouve bizarre que son mari ne l'ait pas appelée plus tôt pour lui demander des nouvelles de son rendez-vous. Normalement, il aime entendre les détails de l'entretien, les avis qu'elle a reçus sur sa dernière création…

—Mon père a dû filer à un rendez-vous chez le dentiste en début d'après-midi et j'ai passé mon temps à courir après les petites.

Elle a désormais la réponse.

— Tu savais que l'immense bibliothèque du grand salon n'était pas fixée au mur ?

— Non, pourquoi ? s'informe-t-elle, suspicieuse.

— Parce que j'avais installé les filles sur le tapis persan avec leur boîte de Duplo et, lorsque je suis revenu les chercher pour le goûter, Anna escaladait les tablettes.

— Quoi ? s'écrie Camélia.

— Oui, tu m'as bien entendu. Je l'ai retrouvée à mi-hauteur, entre Nabokov et Proust, avec le fond du meuble dansant contre le mur.

— Oh mon Dieu ! S'est-elle blessée ?

— Non, rien du tout, heureusement. Mais depuis, elle boude parce que je n'ai pas laissée grimper jusqu'en haut.

— Et Aela ?

— Euh…

Arthur est des plus évasifs, et la tension artérielle de sa femme, à son plus haut niveau.

— Quoi, qu'est-ce qu'il y a ? Elle va bien ?

— Oui, oui, ne t'inquiète pas. Je ne pourrais cependant pas en dire de même de ton exemplaire dédicacé d'Anna Gavalda.

— Pourquoi ?

— Elle trouvait qu'il n'y avait pas assez de dessins… Elle a colorié plusieurs pages.

C'est fou comme les enfants grandissent vite ! Hier encore, elles buvaient des biberons de lait et babillaient gentiment dans leur turbulette. Et en un éclair, elles s'étaient transformées : une en Yamakasi, l'autre en graffeuse. Bien sûr, Camélia était ennuyée à l'idée de savoir un de ses livres abîmé, elle qui en avait toujours pris grand soin. Pour autant, mieux valait un ouvrage – même dédicacé – plutôt qu'un de ses enfants.

—Bon, reprend Arthur, tu reviens bientôt ? Ton train n'a pas trop de retard ?

—Justement, c'est pour cela que je t'appelle : ne m'attends pas.

À l'autre bout du combiné, Camélia n'entend plus rien. Elle vérifie l'écran de son téléphone et voit que la conversation n'a pas été coupée.

—Arthur, tu es là ?

—Tu veux dire que… Tu me quittes ? demande-t-il nerveusement, sa voix partant dans les aigus trahissant son agitation.

—Mais non, grand bêta !

Il souffle bruyamment, soulagé.

—Ah !… Tu te trouves drôle ou tu souhaites me déclencher une crise cardiaque ?

—Je voulais dire que tu ne devais pas m'attendre parce que je ne rentre pas ce soir.

—Pourquoi ? Qu'est-ce que tu fais ?

—J'ai pris un hôtel, je reste dormir à Paris.

Elle se lève pour ouvrir la baie vitrée, avant de revenir sur le *king size*. Les orteils de Camélia jouent avec le drap ivoire, tandis que la rumeur de la ville entre dans la chambre. Elle entend rire certains passants. Quelques klaxons, un ou deux coups de frein secs. La douceur d'une fin de journée de juin fait sortir les Parisiens.

—Mais je ne comprends pas. Pour quelle raison ne rentres-tu pas directement ? C'est Feydeau, c'est ça ? Ils comptent te revoir demain tellement ton parfum leur a plu ? s'enflamme son mari.

Parce qu'elle est nerveusement à bout et que l'enthousiasme de sa moitié lui fait davantage ressentir son échec cuisant, Camélia pleure. Elle pleure à chaudes larmes, en grimaçant, en hoquetant. Sans retenue, elle pleure comme lorsqu'elle avait six ans.

—Cami ? Camélia ? Que se passe-t-il ?

Mais elle ne peut s'arrêter.

—Camélia, dis-moi ! Qu'est-ce que tu as ? Ton rendez-vous s'est mal passé, c'est ça ?

—Oui, ils ont été horribles, ils ont dit que mon travail ne valait rien... Et aussi, je suis fatiguée..., pleurniche-t-elle.

Le torrent s'est un peu tari, elle en profite pour se moucher bruyamment.

—Eh bien, ce n'est pas grave. Moi aussi, je suis fatigué. Une nuit de sommeil et il n'y paraîtra plus !

—Non. Je suis fatiguée du quotidien. Je suis sûre que si je ne devais pas tout porter, tout le temps, j'aurais pu être choisie par Feydeau.

—Comment ça ? hasarde Arthur. Tu ne fais pas tout, je t'aide.

—Tu parles ! Tu fais seulement ce que je te demande, sans réfléchir, sans prendre ta part de responsabilités.

Arthur doit se sentir un peu vexé puisqu'il ne répond rien. Sa cousine Maëlle lui avait un jour conseillé de ne pas accuser l'autre, débat stérile coupant tout de suite court à l'échange, mais d'alimenter la conversation avec des exemples. Et pour le coup, elle en a des tas !

—Regarde, en décembre, je t'avais demandé de régler un problème de facturation avec l'opérateur, parce qu'il nous faisait payer plus cher que notre contrat. Non seulement il a fallu que je pense à te rappeler régulièrement le problème pendant des semaines, jusqu'à ce que je doive me charger de régler cette affaire puisque tu ne faisais rien.

—Oh, pour une facture…, minimise Arthur.

—Quand je t'ai demandé lundi dernier de sortir les robes des filles de la machine à laver, tu n'as sorti que leurs deux robes, en laissant le reste du linge humide dans le tambour.

—Si tu voulais que je sorte tout, tu n'avais qu'à me le dire ! se défend-il.

—Oui, justement, te le dire. Planifier. Répéter, énumère Camélia. Organiser tout cela est déjà un temps-plein en soi, et en plus je dois toujours mettre la main à la pâte si je veux que les choses avancent.

Arthur souffle bruyamment. Sa femme l'imagine assez facilement fermer les yeux tout en se pinçant l'arête du nez, comme lorsque l'une de leurs filles commet une bêtise et qu'il prend sur lui, réfléchissant à la conduite la plus appropriée à mener.

—Je t'ai déjà parlé du concept de charge mentale et du fait que j'aimerais qu'on la partage à deux. Mais tu ne m'entends pas, tu refuses cette part de responsabilité. Tu souhaites seulement que je t'indique la liste des tâches, ce qui fait que je cumule deux jobs à temps complet : entrepreneure et femme au foyer. Et moi, je n'en peux plus…

La digue des émotions et besoins refoulés vient de lâcher dans le cœur de Camélia. *Pourvu qu'il m'entende et qu'il ne se vexe pas. Je ne souhaite pas le blesser, seulement qu'il prenne enfin la mesure de ce qui se joue et qu'il fasse un peu plus attention à moi.*

— Tu es toujours là ?

— Oui…, répond-il au bout d'un moment. Cami, je suis désolé, je ne voulais pas te blesser.

— Oh, ça, je le sais, mon cœur ! Je réclame juste un peu plus d'équilibre : nous devons être complémentaires. Moi, je n'en peux plus, je craque…

Sur ces mots, aucun nouvel effondrement. La source de larmes s'est enfin asséchée.

— Je ne me rendais pas compte que tu étais si mal… Je ne suis vraiment qu'un gros nul.

— Non, tu n'es pas un gros nul.

— Moi, je trouve que si.

— Alors tu es mon nul à moi.

Arthur rit, elle aussi.

— Bon, tu rentres quand ?

— Demain. Je prends le train de midi et je devrais arriver vers dix-sept ou dix-huit heures : je n'ai pas fait attention au trajet, s'il est direct ou non.

— Donc on ne se verra pas avant que je parte…, réfléchit Arthur à voix haute.

— Oh non, je n'y pensais plus. Tant pis, je vais essayer de trouver un billet pour ce soir

— Non ! Je te le défends. Jusqu'à ce que tu reviennes chez nous, je t'ordonne de ne penser qu'à toi, te détendre, te faire du bien.

— Tu ordonnes ? plaisante sa femme.

— Oui, parfaitement, tu as bien entendu. Où es-tu descendue ?

Camélia lui donne le nom du palace.

— Eh bien, on ne se refuse rien…, remarque-t-il en sifflant.

— Oui, mais j'étais très déprimée et exténuée, plaide Camélia d'une toute petite voix.

— Pas de problème, tant que la prochaine fois que tu y séjournes, c'est avec moi.

— Marché conclu.

Après un au revoir apaisé, Camélia entreprend de faire le tour de sa chambre, effleurant le bureau en acajou à la laque si douce, avant de visiter le reste de la suite, ses pieds nus s'enfonçant dans la moquette duveteuse. Elle a déjà vu le salon, elle attrape seulement une pomme en passant près de la table basse. La jeune maman trouve la salle de bains tout en marbre un brin tape à l'œil, mais l'immense baignoire noire lui lance une invitation qu'elle compte bien accepter. *Toi, ma cocotte, on se donne rendez-vous plus tard...* Camélia n'en revient pas lorsqu'elle entre dans la pièce suivante : la suite dispose même d'un dressing ! Immense, avec des tringles, des tiroirs, ainsi qu'une coiffeuse. Camélia ne juge pas très opportun le choix d'un éclairage vif et d'un grand miroir quand elle s'aperçoit dans la glace. Elle a une tête à faire peur, du mascara qui a créé des rigoles sur ses joues. Quant à ses cheveux… Disons simplement que le chignon est désormais très décoiffé. Elle éteint vite la lumière et retourne dans la partie chambre appeler le service d'étage. Quitte à être là, autant en profiter !

*

Dans son confortable peignoir, Camélia redescend au premier étage. Elle se dirige vers la piscine intérieure et scrute timidement les alentours pour s'assurer qu'il n'y a pas trop de monde, avant d'enfin oser entrer. Seule une dame, d'une petite soixantaine d'années, s'offre une sieste sur l'un des luxueux transats. Camélia la salue et l'autre lui répond d'un petit signe de la main, avant d'ajouter, satisfaite :

—Profitez-en pour une fois qu'il n'y a pas d'enfants qui courent partout. Vous allez apprécier, l'eau est délicieuse.

—Merci.

Camélia n'a jamais fait partie de ses femmes très à l'aise dans leur peau, pouvant se découvrir sans pudeur et en toutes circonstances, même si elle a toujours assumé ses formes généreuses. Elle dénoue la ceinture de son peignoir avant de le plier rapidement sur un des transats. Elle réajuste les bretelles du maillot de bain une pièce qu'elle a commandé au service d'étage, pendant qu'elle descend les marches immergées.

La température de l'eau est exceptionnelle et son pouvoir, extrêmement délassant. Elle entreprend quelques longueurs de brasse, pour ne pas gêner sa voisine avec son crawl et le battement de ses jambes. Puis elle se laisse flotter sur le dos, à contempler la cascade murale, quinze minutes, peut-être vingt. Qui veut compter ? Sa chevelure flotte autour de sa tête, chatouille ses épaules. *On a l'impression que ce sont des algues...* Depuis quand Camélia n'a-t-elle pas pris autant de temps à ne rien faire ?

*

Une heure plus tard, Camélia se retrouve dans la salle de bains, tête en bas, en train de se sécher la racine des cheveux à l'envers, quand elle entend des petits coups résonner. Elle éteint le séchoir et attend quelques secondes : oui, c'est bien cela, on frappe à la porte de sa suite. *Est-ce pour m'offrir un verre de bienvenue ? Fait-on ce genre de chose dans un endroit aussi chic que celui-ci ? Je ne dirais pas non à une coupette de champagne, si on me la propose...*

Derrière la porte se tient une petite femme d'origine asiatique, avec un énorme sac carré à la bandoulière passée sur son épaule. *Aussi haut qu'elle ! Si quelqu'un la pousse, il est sûrement impossible pour elle de se relever...* L'employée porte un des uniformes du palace, celui-là même qu'elle a vu quand elle était à l'étage de la piscine.

— Bonsoir, madame.

— Bonsoir.

— Vous êtes bien madame Pinson-Le Bihan ?

— Oui, confirme-t-elle, intriguée.

— Je suis May, je viens pour le massage.

— C'est gentil, mais je n'ai rien demandé au Spa.

D'autant que ce genre de service doit faire sauter la banque, ou au moins créer une bonne montée de tension chez mon conseiller !

— Non, madame. C'est offert.

Dans ce cas-là, si c'est gratuit, qui suis-je pour refuser ?

— Par l'hôtel ?

— Non, par votre mari.

En bénissant sa moitié pour ce merveilleux cadeau, Camélia s'allonge sur l'épaisse table de massage portative que May vient de déployer dans sa chambre. Pendant le soin, elle connaît un bref sursaut de stress quand elle se demande si elle a assez de monnaie pour offrir un pourboire décent à cette femme aux doigts de fée. *Dans ce genre d'établissement, ce doit être chose courante et, à part débiter ma carte bleue ou lui donner juste assez de monnaie pour s'acheter une baguette de pain, je ne peux que lui offrir une boîte de Tic-Tac. Tant pis, je lui laisserai une enveloppe demain à la réception...* Un nouveau pétrissage de ses épaules et l'angoisse part. Encore un massage de ses chevilles et les tensions s'envolent. Un autre effleurement de sa colonne et Camélia se sent légère, légère…

8

Camélia pénètre dans la propriété par l'allée de tilleuls en fleurs qui embaument l'air. *Que c'est bon !* Elle garde les vitres ouvertes et hume ce parfum réconfortant en approchant de sa maison. *Ouf, elle a tenu le choc pendant mon absence !*

Quand elle pense à son foyer, elle parle toujours de sa petite maison, son cocon réconfortant. Sûrement parce que de merveilleux souvenirs y sont rattachés à jamais et qu'elle ne se verrait plus habiter nulle part ailleurs qu'ici, sur cette terre du Finistère qu'elle a faite sienne. Il est clair que, pour toute personne étrangère au lieu, si elle peut donner de nombreux noms et qualificatifs à cette demeure, « petit » ne semble jamais envisagé… Cette vaste propriété vieille de deux siècles au moins compte de nombreuses pièces, un dédale de couloirs et de recoins, des dépendances, un immense parc, un verger, ainsi qu'un jardin de fleurs et un potager. Un coin de paradis à deux pas de la mer, un havre de paix dans lequel Arthur et sa femme n'auraient jamais pu s'installer si Augusta ne leur avait pas fait cadeau de sa part, au décès de grand-mère Anna. *En pensant également à remercier les oncles d'Arthur, Victor et Jean, qui ont souhaité baisser le prix de la maison pour être sûrs que la demeure reste dans la famille...* Camélia frissonne quand elle pense au prêt immobilier et aux innombrables traites dont elle va encore devoir s'acquitter. Sans compter les mètres et les mètres carrés de toiture qu'il va bientôt falloir rénover, tout comme certaines pièces encore dans leur jus... *Outch !*

Comme à son habitude, elle gare sa citadine au pied des escaliers, juste devant le porche de l'entrée. Avec ses sacs, son imper et ses fameux escarpins dépareillés, elle marche avec empressement jusqu'à son chez-elle, son petit nid douillet, dépassant les rosiers qui grimpent le long de la façade et les abeilles bourdonnantes qu'ils abritent. Elle remarque bien la hauteur de l'herbe – identique à celle de la veille, et de l'avant-veille... – tout en décidant de ne rien voir. Elle se retrouve dans le hall inondé de la douce chaleur d'été, juste assez pour tiédir le dallage de l'entrée.

— Youhou ! Il y a quelqu'un ?

Personne ne répond, seul le balancier de l'horloge atteste d'une présence, comme s'il s'agissait d'un cœur de maison résonnant. Camélia pose ses affaires et accroche son trench à l'une des patères, avant de découvrir une lettre pliée en trois, adressée à son seul nom, déposée sur la console. La fine écriture lui en indique instantanément l'auteur : Arthur. *Ce n'est pas pour dire, mais une belle lettre écrite à la main, c'est tout de même autre chose qu'un SMS ou qu'un courriel...* Camélia lit avec ravissement et tendresse les mots qu'il a choisis pour lui témoigner son soutien et son amour. Juste après sa signature, le post-scriptum l'intrigue : « Dans le salon de musique, une double surprise t'attend. Si j'étais toi, je me dépêcherais… » Et c'est ce qu'elle fait, ses pas se transformant bientôt en petites foulées – ses talons et l'étroitesse de sa robe ne lui permettant pas davantage – jusqu'à ce qu'elle approche du salon de musique, depuis lequel des voix lui parviennent : celles de fillettes, d'autres d'hommes. *Serait-ce possible ?*

Elle arrive à la porte, haletante : ses filles jouent aux petites voitures avec leurs grands frères, tous à plat ventre sur le parquet qui, désormais, n'est plus recouvert de sa protection en plastique. Le tout dans un salon fraîchement repeint, un mur en bleu canard, les trois autres en blanc, comme elle le souhaitait. Ses quatre enfants se mettent immédiatement debout lorsqu'ils la voient. Camélia embrasse bruyamment Anna et Aela qui s'accrochent ensuite à ses genoux, tandis qu'elle prend ses fils dans ses bras.

—Oh mes lapins, vous m'avez tellement manqué !

Elle les couve du regard, les admire :

—Pourquoi ne m'avez-vous rien dit ?

—On voulait te faire la surprise, explique Nicolas.

—Et vous les fripouilles, vous connaissiez le secret ? demande Camélia à ses jumelles.

Pour toute réponse, les fillettes rient, de ce rire d'enfant spontané et communicatif qui met aussitôt un soleil dans le cœur des adultes. Il s'agira de leur seule réponse avant qu'elles ne retournent dans leur monde de petites filles, fait de licornes, paillettes… et tremplins pour voitures miniatures.

Camélia passe la main dans les cheveux trop longs de Gaspard, puis essaie de recoiffer Nicolas. La dernière fois qu'elle a pu profiter d'eux, ce devait être aux vacances de février. *J'ai l'impression qu'ils ont encore grandi, à moins que je ne commence à rapetisser. Si je leur en fais la remarque, ils vont me répondre que je radote, autant garder cela pour moi…*

—Je croyais que vous ne deviez venir que pour la seconde moitié des vacances. C'est ce qui était convenu, non ? La première moitié, avec votre père, Sandra et le petit Bastien, et la seconde avec nous.

—Justement, à ce propos…, commence Nicolas.

—On voulait savoir…, continue Gaspard.

Les jumeaux se regardent, s'encourageant mutuellement du regard : qui va lâcher l'information ?

—Allez, dites-moi ! s'impatiente leur mère.

—Un copain du lycée nous propose de partir aux Baléares avec sa famille.

—Quand cela ?

—Cet été, pendant six semaines, explique Gaspard.

Camélia les fixe, attendant la suite qui va – et elle en est persuadée – lui plaire. Même s'ils sont grands, ils essaient de se faire tout petits.

—Ce qui signifie qu'on ne pourrait pas aller à Châteauroux pour le premier mois de vacances, lâche finalement d'une traite Nicolas.

—Et on voulait savoir si tu acceptais qu'on parte avec Thibaud en Espagne. Puis on revient pour le mariage d'Erwan, on passe deux-trois jours avec vous ici, et on repart chez papa pour la fin des vacances.

C'était donc ça !

— Si je comprends bien, synthétise à haute voix Camélia, celle qui est perdante dans l'affaire, c'est moi.

— Qu'un peu…, minimise l'un.

— C'est pour cette raison qu'on est venus passer deux jours avec toi avant de prendre l'avion, tente de l'amadouer l'autre.

— Et on a bien fait de venir plus tôt, commente Gaspard. Quand on a débarqué, Arthur venait de finir de repeindre. Oh, si tu avais vu sa tête, on aurait dit un Schtroumpf.

Les deux ont une furieuse envie d'éclater de rire, mais ils se retiennent, les yeux brillants, afin que leurs moqueries n'aient aucun impact sur leurs projets estivaux.

— Alors, tu en dis quoi ? Tu es d'accord ?

— OK, très bien ! capitule Camélia. Mais vous m'êtes redevables, les loulous.

— Tout ce que tu veux.

— D'abord… Je veux un autre câlin.

— Tu ne veux pas qu'on commence plutôt par te trouver deux chaussures assorties ? ironise Nicolas.

— Très drôle, mon fils…

— Et ensuite ? Tu souhaites quoi d'autre ?

— Je trouverai bien, faites-moi confiance…

Une voiture est éjectée de la rampe de lancement, atterrissant dans les mollets de Gaspard qui sursaute :

—Tu vois, on était sûrs qu'elles aimeraient jouer avec nos anciennes Majorette. En plus, on a vérifié : les jumelles ne risquent rien avec celles qu'on leur a apportées, on a fait attention.

—On est des grands frères super cools de les leur avoir données, renchérit son frère.

9

Sa casserole dans les mains, Camélia attend au bas des marches. Il est bientôt onze heures et ses fils ne sont toujours pas debout. Ils repartent demain matin. *Comment profiter d'eux s'ils passent la journée au lit ?* De nouveau, du plat de la main, elle tape sur le fond de sa sauteuse en plusieurs coups séparés. Puis, comme elle ne détecte aucun mouvement, elle frappe plus fort et plus rapidement. Enfin, elle entend le parquet du couloir grincer et la voix de ses fils qui ronchonnent. Elle file sur la pointe des pieds dans la cuisine, juste le temps de se donner une contenance avant que Gaspard et Nicolas ne se traînent jusqu'à la table du petit-déjeuner.

— Maman, c'est quoi ce bazar ?

Camélia, affairée à la cuisinière, se retourne, l'air de rien :

— Comment ça ?

— On a été réveillés à cause d'un crétin qui tape sur un truc, se plaint Nicolas.

— Je n'ai rien entendu. Peut-être un pic-vert ?

— Dans la maison ? renchérit Gaspard.

— J'avais prévenu Arthur qu'il y avait un sérieux problème d'étanchéité, ment de manière éhontée Camélia. Je vous prépare des œufs ?

Les jumeaux regardent avec insistance leur mère qui, désormais, cuisine.

—Oui, c'est ça. Un pic-vert, raille Gaspard. Avec une casserole.

—Et un goût particulier en matière de chaussures, ricane Nicolas.

Camélia se met à chantonner pendant que ses enfants s'installent à table. Afin d'apaiser leur agacement, leur mère ajoute des dés de tomate fraîche, un peu de persil haché, et enfin du paprika.

—Au fait, les garçons, j'ai trouvé le service que vous pourriez me rendre.

La tête fermement soutenue dans leurs mains, ils soulèvent tous deux un sourcil interrogateur.

—Je dois emmener les filles à un rendez-vous, cet après-midi. Pendant ce temps, vous pourriez tondre le parc, il en a bien besoin.

Gaspard adresse une question muette à Nicolas, qui lui répond d'un clignement de paupières :

—Très bien, ça roule. Tu peux compter sur nous.

*

L'orage s'abattra ce soir, au plus tard cette nuit, sur son petit bout de Bretagne, Camélia en est persuadée. Outre le ciel couleur plomb et la chaleur lourde, celle qui énerve et plonge les personnes dans un état à fleur de peau, elle sent la migraine rôder, tenter de s'installer sur ses tempes. Et les quarante minutes du trajet aller-retour à entendre ses filles chanter non-stop une comptine revisitée à leur sauce n'arrange rien…

C'est même avec un certain degré de soulagement qu'elle ouvre leur portière en grand, les libère de leur siège-auto et les voit s'échapper en direction de la maison, en sautillant comme des petits cabris un jour de neige. Camélia abaisse ses lunettes de soleil pour se protéger des assauts piquants de l'astre. *Mieux vaut sur mes yeux que dans mes cheveux.* Le fait de ne plus avoir sa tête prise entre les branches en acétate la soulage momentanément, comme si le poids d'un étau était levé. La luminosité est telle qu'elle plisse les yeux, même s'ils sont protégés par les verres fumés. Elle prend son sac sur le siège passager, claque les portières et rentre chez elle. La dispersion des gravillons sous ses pieds, de même que le frottement de ses semelles sur les marches de pierre, la fait grimacer. *J'espère que les garçons vont pouvoir me garder les jumelles une petite demi-heure, le temps que la douleur passe.*

Ses fils ne se font pas prier pour s'occuper de leurs petites sœurs, eux qui auraient tant apprécié de naître entourés d'une grande fratrie. Sans compter que cela leur donne une nouvelle excuse pour jouer avec les modèles miniatures qu'ils affectionnaient tant…

Camélia avale deux cachets d'aspirine avec un grand verre d'eau, avant d'aller chercher dans le cellier sa valisette de secours. À l'intérieur, on trouve quelques pansements et trois paquets de gaze, des solutés de réhydratation orale, des pastilles pour la toux à la propolis et à l'eucalyptus, ainsi que son remède miracle : de l'huile essentielle de menthe poivrée. De mars à juin, chaque année, elle déclenche une migraine à l'approche de l'orage, certainement plus sensible que d'autres aux variations de pression dans l'atmosphère. Cependant, ce qui étonne toujours Camélia, c'est que le phénomène ne se produit qu'au printemps, jamais durant les mois de fortes chaleurs. Peu importe, elle ouvre le flacon duquel s'échappe une odeur puissante qui aussitôt l'apaise : elle l'associe immédiatement au soulagement qu'elle lui procurera d'ici peu. Elle en dépose deux gouttes sur le bout de ses index et de ses majeurs, puis masse ses tempes, ainsi que les deux petites cavités à la base de sa nuque. Elle referme le capuchon, range l'huile dans la boîte qu'elle replace tout de suite en hauteur, la rendant ainsi hors de portée de ses filles.

Péniblement, elle marche dans les couloirs, une de ses mains en appui contre les murs. *Dehors, cela va sûrement être l'apocalypse pour que j'aie si mal que ma vision en soit affectée.* Elle voit difficilement, tout est sombre… jusqu'à ce qu'elle se rende compte qu'elle porte toujours ses lunettes sur le nez. Cette découverte la rassure, et elle les conserve quand même en s'allongeant sur le sofa du grand salon. *Juste quelques minutes, le temps que ça passe. Juste quelques minutes...*

*

La tempête dans sa tête a cessé, celle au-dehors ne fait que commencer. *Quel soulagement !...* Outre la pluie qui se fracasse sur les vitres, elle entend des voix chuchotées, ainsi que quelques rires étouffés.

Elle surprend ses quatre enfants qui la scrutent, l'espionnent, dans l'interstice de la porte entrebâillée.

—Qu'est-ce qui vous fait rire ? leur demande-t-elle en s'asseyant.

Ses deux filles voient là une invitation à entrer et viennent à sa rencontre, se hissent sur le canapé, avant de lui faire des tas et des tas de bisous. Ses fils, légèrement en retrait, continuent de pouffer.

—Allez, dites-moi, que je rie moi aussi. Qu'est-ce qu'il y a ? leur demande-t-elle.

—Non, rien, s'esclaffe Gaspard. C'est juste qu'en te regardant, amorphe sur le canapé avec tes lunettes noires, on a réalisé qu'entre Courtney Love et toi, il n'y a qu'un pas.

—Que tu franchis allègrement, rajoute Nicolas. Enfin, version biniou…

—J'ai un doute : quand mes fils se sont-ils lancés dans une carrière d'humoristes ? se moque-t-elle.

Un éclair blanc aveuglant et le craquement intense du tonnerre les font tous les cinq sursauter.

—La foudre n'a pas dû s'abattre très loin. Peut-être même dans le jardin ?

Ses fils les rejoignent sur le divan et tous regardent au travers des grandes fenêtres, scrutant le parc à la recherche du moindre indice, seules leurs têtes dépassant du dossier. Les grosses gouttes de pluie s'abattent sur la verdure, faisant tressauter les branches les plus fines, et s'enfonçant entre les herbes folles. Seules quelques parties sont visibles, se différenciant du reste de l'étendue verte par une faible hauteur de coupe. Camélia enlève ses lunettes :

—Non mais, dites-moi que mes yeux me jouent encore des tours et que le gazon a bien été tondu en intégralité.

—Justement, puisqu'on en parle..., commence Gaspard.

—Pour rire, on a commencé à écrire des formules..., avance Nicolas.

—Tu comprends, on s'est dit que ce n'était pas notre genre de tondre de manière trop conventionnelle.

—Cela bride notre génie.

—Quelles formules ? les interroge Camélia.

—Un peu de trigonométrie et un chouïa de physique.

Dites-moi, qu'ai-je fait de mal ? Les hommes de ma famille m'en veulent-ils ? Ou la pelouse se venge-t-elle d'une quelconque offense que je lui ai causée par le passé ?

—Dis-toi que tu contribues à nos révisions d'été, décrète Nicolas.

—Et que les pères de la physique seraient fiers de nous..., affirme Gaspard.

Allez Camélia, tu ne profites déjà pas assez de tes fils, ce n'est pas la peine de créer une petite crise pour une histoire d'herbe.

—Bon, vous vouliez tondre selon votre... inspiration, pas de problème. Mais pourquoi n'avoir pas tondu le reste du parc ?

—Avec Gas', on trouvait que la tondeuse émettait comme un bruit de ferraille.

—On l'a donc réparée, ajoute fièrement Gaspard.

—Et on l'a légèrement améliorée…, chuchote Nicolas à lui-même.

—Et maintenant, elle fonctionne ?

—Elle ronronne comme un petit chat. Mais, l'orage arrivant, on s'est dit que tu nous préférais jeunes et fringants avec un jardin peu entretenu, plutôt que d'être la propriétaire du jardin de Versailles avec deux fils grillés.

Décidément, ses enfants ont le sens de la repartie et savent toujours tourner les faits à leur avantage. *Ils tiennent ça de leur père, merci Paul !*

—Donc, pour résumer : mes petits gus sont en bonne santé, sans avoir pris de coup de jus céleste, ma tondeuse a été remise à neuf, et les copains de Newton et d'Einstein seront ravis s'ils passent en avion au-dessus de notre propriété.

Ses garçons sourient de toutes leurs dents, rapidement imités par ses deux filles qui sautillent sur les coussins, avant de se calmer.

Ils restent encore dans la même position pendant plusieurs minutes, silencieux, serrés les uns contre les autres. Camélia respire l'odeur de bébé d'Aela et Anna. Elle se mélange à celles, plus masculines, des parfums de Nicolas et Gaspard.

—Maman, j'ai appris à faire les pâtes à la carbonara. Je peux en cuisiner pour ce soir ?

—Bien entendu, si cela peut te faire plaisir.

—Vous venez les poulettes ?

Gaspard prend une de ses sœurs dans chacun de ses grands bras et, tandis qu'ils sortent du salon, Nicolas reste assis.

—Allez-y, je vous rejoins en cuisine, explique-t-il avant de se tourner vers sa mère.

Il a la mine bien sombre. Qu'augure ce tête-à-tête ? Camélia s'inquiète. Si son fils veut lui parler sérieusement, il doit y avoir quelque chose de grave. Tous les scénarios passent dans sa tête, même les plus fous. *Il se fait racketter dans sa prépa. Ou il se fait racketter par un dealer dans sa prépa. Pourvu qu'il ne sorte pas avec une dealeuse... À moins qu'un de ses professeurs ne lui fasse du chantage. Mais à quoi ?*

—Tu vas bien ? Tu as mal quelque part ? On t'a fait du mal ? s'emporte Camélia.

—Non, relax… Je voulais uniquement savoir ce que tu penserais si jamais j'arrêtais les cours.

Finalement, ne veut-il pas plutôt sortir avec une dealeuse ?

—Pour quelle raison ?

—Tu sais bien que je n'aime pas ce qu'on fait en classe, se justifie-t-il.

—Je suppose que tu n'es pas un cas isolé, souligne sa mère.

—C'est clair… Que dirais-tu si jamais je voulais entrer en fac d'arts plastiques ?

—Tu ne veux plus faire d'ingénierie ? Je croyais que tu te passionnais pour la création de systèmes, de machines ?

—Si, mais j'aime bien dessiner aussi. Et les cours sont vraiment trop barbants…

Camélia réfléchit à toute vitesse. Comme tout parent, elle angoisse pour l'avenir de ses enfants. *Surtout vu le climat actuel...* Et elle aimerait que son fils ait le meilleur des bagages, atteigne la plus qualifiante des formations, même si après, il choisit une autre voie. *Comme ça, si ça ne marche pas, il aura toujours quelque chose de bien, de solide, sur lequel se rabattre.* Elle lui fait part de ses réflexions.

—Je ne suis pas convaincu que les études prémunissent du chômage. Et ne vaut-il pas mieux faire quelque chose qu'on aime, plutôt que de suivre un cursus « en attendant » et « au cas où » ?

Sans doute... Parfois, la maturité de ses fils l'étonne, elle qui a encore l'habitude de les voir comme ses petits poussins.

—Dans un monde utopique, oui. Mais aujourd'hui…

Que peut-elle dire à son fils ? Doit-elle lui transmettre ses peurs quant à l'avenir ? *Non, ce ne serait pas correct. Chacun ses craintes...*

—Et ton père, qu'en pense-t-il ? l'interroge-t-elle.

—Je ne lui ai encore rien dit, je préférais d'abord en parler avec toi…

Quand Paul va savoir ça, il va hurler. Lui qui mise tout sur la réussite professionnelle et les apparences... Il sera totalement imperméable à la quête de bonheur de son fils : pour lui, tout ce qui se rapporte à ce genre de choses est classé immédiatement dans son grand dossier estampillé « Fadaises ».

— Bon, je te propose un marché. Étant donné que tu voulais à tout prix faire de l'ingénierie et que tu n'as encore jamais pu suivre de cours là-dessus, que dirais-tu de couper la poire en deux ?

— Comment ça ?

— Pour aller jusqu'à ton diplôme d'ingénieur, il te reste quatre ans. Donc, tu fais encore deux ans, un de prépa et un d'école spécialisée. Si, dans deux ans, tu ne souhaites plus suivre les cours, alors je te laisserai faire ce qui te plaît. Qu'en dis-tu ?

Nicolas réfléchit.

— Deux ans, ce n'est rien quand on décide de son avenir, tente-t-elle de l'amadouer en faisant appel à sa raison.

— Et pour papa ? s'inquiète-t-il.

— On verra plus tard. Tant que tu n'es sûr de rien, autant ne pas lui parler de tes envies de fac.

Son fils hoche la tête avec vigueur. Il l'embrasse rapidement sur la joue puis se lève pour rejoindre les autres. Alors qu'il s'apprête à passer la porte, il se retourne :

— Au fait maman…

— Oui ?

Elle se redresse, passe distraitement une main dans ses cheveux pour les regonfler, fin prête à recevoir un compliment sur ses qualités maternelles.

— Quand tu dors, tu ronfles.

— Merci, mon fils.

10

Quand elle raccroche, Camélia est impatiente et déçue. Ce week-end, Arthur devait rentrer à la maison. Pourtant, il vient de lui annoncer qu'il passe les deux prochaines semaines à Londres, pour rencontrer l'équipe britannique et commencer à piloter le projet depuis les studios de Camden. Mais il lui a aussi annoncé une surprise… *Une de plus !* Ses fils sont déjà repartis et elle se sent un peu seule et désemparée avec les jumelles. C'est l'été et Camélia ne les emmène plus à la crèche. Elle lève un peu le pied dans son atelier – les projets ne fleurissent pas en juillet ou en août –, et elle n'a plus qu'à enfiler sa cape de Super Maman quand elle s'habille. Pourtant, cette seule tâche la fatigue. Il lui faudrait un peu d'aide, ou au moins de la compagnie. Et des heures rien qu'à elle, histoire de rattraper son sommeil en retard… Camélia se coupe un bouquet d'hortensias, chaussée de ses bottes, quand la cloche du vestibule retentit. Oh non, pour une fois que les filles font une sieste…

Camélia se hâte de contourner la maison – ne tenant ni à se déchausser ni à nettoyer encore une fois les sols – et aperçoit un vieux break Volvo, garé n'importe comment dans la cour. Elle distingue un petit garçon qui jette des pierres contre la façade, ainsi qu'une femme, aux cheveux orangés, qui tient un bébé dans les bras.

— Maëlle !

Les deux cousines courent l'une vers l'autre et s'enlacent pendant un temps qui semble trop long pour Maëlle, qui se dégage finalement de l'étreinte :

— Oh, c'est bon, stop ! Je ne supporte que durant un temps limité ces façons de chochottes ! Arrête ces trucs de fille, sinon je te colle ma brosse à mascara dans les quinquets !

— Les années passent et tu conserves toujours ton élégant langage.

— Eh, j'essaie déjà de ne plus dire de gros mots devant Eliaz, salue l'effort !

Camélia passe son doigt sur les joues roses et rebondies du bébé, toujours accroché à sa maman.

— Et devant Soizic ?

— On s'en moque, pour l'instant, elle ne capte pas grand-chose. Ce n'est pas elle qui va me dénoncer, n'est-ce pas mon bébé ?

Le petit bonhomme les rejoint en courant et Camélia le fait sauter dans ses bras.

— Oh Eliaz, comme tu as grandi !

Le garçonnet rigole. *Il ressemble tellement à son père. La barbe en moins.*

— Allez, venez ! Je vais vous offrir quelque chose à boire en attendant que les filles finissent de se reposer.

En les menant jusqu'à l'entrée principale, Camélia est effarée à la vue du bazar qui règne dans la voiture de sa cousine, l'effrayant presque. Des sacs, des valises, et même des jouets gonflables… déjà gonflés. *Comment trois personnes ont-elles pu tenir dans l'habitacle sans suffoquer ?*

—Maëlle, ôte-moi d'un doute : comptes-tu rester à vie ?

—Tout dépend de mon mari, s'il revient ou non. Dans ce cas, vous aurez l'honneur d'accueillir trois membres supplémentaires dans votre famille.

Camélia porte la main à son cœur, choquée d'apprendre que Maëlle et Andrew ne sont plus ensemble, elle qui n'avait jamais vu couple mieux assorti qu'eux. Enfin, avant Arthur et elle.

—Pourquoi ne m'as-tu rien dit ? s'étonne Camélia.

—Ben si, je te le dis, là, répond sa cousine en haussant les épaules.

—Oui, mais j'aurais pu venir t'aider.

—Je suis peut-être un peu perchée, pourtant je sais préparer des valises et conduire, s'agace Maëlle.

—J'aurais pu t'épauler comme tu l'as fait il y a quelques années quand j'ai quitté Paul, tente de se rattraper Camélia.

—Mais je n'ai pas quitté Andrew.

—Oh ! C'est donc lui qui… ?

—Non, personne n'a quitté personne, ma pauvre fille ! Mon mari est parti fêter le mariage d'un de ses vieux copains d'université. Et si tu voyais le prix des billets d'avion pour la Nouvelle-Zélande ! Ça coûte un bras, ces machins-là !

Maëlle lève les yeux au ciel : elle va devoir fournir de plus amples explications.

—Je n'arrive pas à m'occuper des enfants toute seule et Arthur m'a appelée pour que je vienne prendre soin de toi. J'ai dit banco ! On a déposé Andrew à l'aéroport et nous voilà !

Sur sa tirade, elle ouvre la porte en grand, faisant voltiger ses mèches blondes et orange, et pénètre dans l'entrée, Eliaz dans ses pas. Camélia reste légèrement en retrait, le temps pour elle de se déchausser à l'aide du tire-bottes. *Je savais bien que son assagissement capillaire n'était que momentané.*

Dans la cuisine, Maëlle écarte un pan du brise-bise pour admirer la propriété, tandis que Camélia pilonne grossièrement de la menthe douce qu'elle ajoute ensuite dans le grand pichet de thé glacé préparé le matin même.

—Dis donc, Cami. Vous avez revisité les *crop circles* afin d'accueillir une convention d'ovnis ? Qu'est-ce qui s'est passé avec votre pelouse ?

—Arthur a décidé de la laisser pousser et les jumeaux ont laissé libre cours à leur créativité « trop longtemps bridée ». Bientôt, on n'aura pas d'autre solution qu'appeler Charles Ingalls pour qu'il vienne faire les foins avec sa faux.

La maîtresse des lieux sort deux verres et un gobelet, en remplit un de jus d'orange avec une pointe de basilic qu'elle sert à Eliaz, avant de verser le breuvage du premier pichet pour Maëlle et elle.

—Cela fait du bien, j'avais le gosier tout sec à cause de la clim, se délecte Maëlle.

Elle avale bruyamment et avidement le thé glacé, avant de se verser un second verre, bu tout aussi rapidement que le premier. Soizic joue avec le pendentif de sa maman, tentant par moments de le glisser dans sa bouche quand, tout à coup, une odeur terrible empuantit l'atmosphère. Maëlle considère sa progéniture d'un œil suspect, aussitôt imitée par sa cousine, tandis que Soizic continue à babiller. D'un bond, Maëlle se lève en tenant sa fille à distance, les bras tendus.

—Cami, tu ne voudrais pas être la plus chouette des cousines ?

—Non, pas là, lui répond-elle.

—Oh, s'il te plaît, ça pue trop ! grimace Maëlle.

—Vu comme tu présentes les choses, je te laisse la main.

Camélia se raidit et trouve soudainement très intéressantes les veines du bois, caressant la table et espérant ainsi échapper aux yeux de cocker de sa cousine.

—Je suffoque dès qu'elle garnit sa couche, alors de là à la lui changer. Franchement, comment font les mères pour dire des trucs comme « Ce n'est rien » ou « C'est naturel » ? Il n'y a rien de naturel là-dedans et je refuse d'affronter ça sans une combinaison antiradiation.

—En bref, tu n'as toujours pas succombé à la magie des couches, siffle Camélia.

—Le jour où je changerai, assomme-moi et colle-moi dans ton congélateur : ça évitera à mes circuits de griller davantage.

Maëlle prend maintenant une petite voix plaintive :

— Lorsque je me retrouve avec d'autres mères, elles peuvent parler couches, lingettes et matières fécales des heures durant. Et le plus dingue, là-dedans, c'est qu'elles trouvent que c'est moi qui ne suis pas normale parce que je ne manifeste pas le même intérêt ! Comme s'il ne pouvait pas y avoir différents types de mamans... J'aime leur donner à manger, leur faire prendre leur bain, jouer avec eux ou partir en promenade. Mais les couches, je ne peux pas, c'est plus fort que moi, ça me donne la nausée. En principe, au bout de trente secondes, je vais rejoindre les mecs et on parle sport ou on énumère les records mondiaux les plus abrutis...

La maman de Soizic, tout en monologuant, esquisse de tout petits pas, l'air de rien, vers sa cousine. Camélia se redresse sur ses pieds et attrape le premier plateau qui lui tombe sous la main, afin de parer les attaques olfactives et de ne pas se voir mettre dans les bras le bébé à l'origine du méfait.

— Allez ! Pour toi, ce n'est rien, tu peux bien faire ça pour moi ! Que représentent les fesses de ma fille pour toi qui as déjà changé les couches de tes quatre gosses ?

— Oui, quatre ! Crois-moi, cela m'a suffi. Quand les filles sont devenues propres, j'étais tellement euphorique que j'ai fait le tour de la maison en saltos, et sillonné Saint-Pol-de-Léon en *moonwalk*. Non, c'est non !

Maëlle tente une nouvelle approche furtive.

— Cami, je t'en prie ! Déjà que je viens pour t'aider...

— Super comme aide, de me donner des tâches dont j'avais réussi à me débarrasser..., ironise-t-elle. En plus, tu dois bien la changer de temps en temps, non ?

— Jamais pour le plus gros, j'ai toujours laissé faire Andrew. Je ne comprends pas comment un être si petit et si mignon peut être à l'origine de choses si terribles.

— Sérieusement ?

— Oui, depuis Eliaz. C'était une telle intoxication que j'avais acheté un ancien masque à gaz dans une boutique de surplus de l'armée.

Il est parfois difficile de raconter ses propres difficultés face aux autres mères, comme si la perfection était la seule voie, si ce n'est possible, au moins appropriée ou acceptable. Mais Maëlle ne craint pas le jugement de sa vieille Cami et elle pouffe en racontant ce souvenir :

— Quand mon doux Néo-Zélandais m'a surprise avec ça sur la tronche, penchée au-dessus de notre fils, il a failli avoir une attaque et il a décrété qu'il s'occuperait de ce genre de choses tant que je lui promettais de ne plus remettre ce masque, de crainte d'engendrer des lésions psychologiques chez notre enfant. Si tu l'avais entendu..., se met-elle à ricaner. Je ne pensais pas qu'un homme pouvait monter si haut dans les aigus, c'était ridicule..., hoquète-t-elle.

Pendant la tirade, Camélia repose le plateau. Sa cousine a vraiment une personnalité haute en couleur.

— Alors ?

Catégorique, Camélia secoue la tête pour toute réponse, et Maëlle reprend sa place, se servant un troisième verre de thé qu'elle sirote tranquillement.

— Qu'est-ce que tu fabriques ? s'étonne Camélia.

— Tu le vois, non ? Je me rassieds.

— Tu ne vas pas lui changer sa couche ? Allez, je suis nez : c'est un truc à me ruiner le sens olfactif !

— Non, je préfère respirer en apnée tout le reste du séjour. En plus, je pars gagnante, j'ai un début de rhume, débite Maëlle à toute allure et d'une voix nasillarde, tout en reniflant ostensiblement pour prouver ses dires.

Elle n'aime pas dire non, mais Camélia doit pourtant apprendre à le faire si elle ne veut pas toujours se trouver submergée par des devoirs qui ne lui incombent même pas ! *Sauf que...* Elle pourrait peut-être essayer de négocier ? Pour résumer, elle a déjà changé pendant approximativement dix-huit mois chacun de ses quatre enfants, ce qui représente un énorme paquet de langes. Une fois de plus compterait-elle ? Et puis, ce n'est pas très agréable, mais elle s'y est habituée depuis belle lurette. *Je suis partante, tant que c'est gagnante-gagnante...*

— Maëlle, tu n'obtenais pas de l'argent de poche en tondant les jardins de tes voisins, quand tu étais gamine ?

— Si, pourquoi ?

Sa cousine lève la tête vers elle, les sourcils en accent circonflexe, avant qu'un éclair ne passe dans son regard.

— Tu ne me demandes pas de… ?

— Si, ma vieille, tu as parfaitement compris. Ma pelouse en échange de cette saleté de couche.

— Le parc est immense. J'accepte le marché uniquement si tu prends tous les tours de couches pendant mon séjour ici, quelle que soit la matière qui jaillit du postérieur de ma chère enfant.

Pelouse ou couche ? Couche ou pelouse ? *J'ai l'habitude des couches et j'ai toujours eu la trouille que la tondeuse ne m'aspire les pieds...*

— Très bien, marché conclu.

Du haut de ses deux ans et demi, Eliaz ne comprend pas tout ce qui se joue devant lui. Ses deux petites mains accrochées aux poignées du gobelet, il se régale sans rien dire. Entre deux gorgées, on peut distinguer deux grandes traces, espèce de sourire orangé, s'étirant sur ses joues. Seul un bruit de bois sec – provenant de l'étage supérieur – perturbe la quiétude momentanée.

— Qu'est-ce que c'est ? s'enquiert Maëlle.

— Les filles qui se réveillent.

Le craquement se fait de nouveau entendre.

— En tout cas, l'une d'elles est réveillée et doit être en train de sauter sur son lit. Je vais les chercher.

11

Camélia teste la position des cadres sur les murs du salon de musique. Les regrouper ? Les aligner ? Les accrocher à différentes hauteurs ? Les associer selon la couleur des cadres ou par catégorie de photos ? Pendant qu'elle surveille les enfants qui jouent à côté d'elle – Anna et Aela ayant accueilli avec joie le train miniature d'Eliaz dans leur village de voiturettes –, sa cousine sort toutes ses affaires de son vieux break. De l'entrée parviennent à Camélia le bruit mat d'un sac qu'on laisse tomber sur le sol, d'une valise qui roule sur les dalles, le couinement d'un jeu gonflable que l'on fait avancer en lui filant des coups de pied, ainsi que quelques vociférations… Maëlle a toujours été un exemple de douceur et de *self-control*, d'aussi loin que Camélia se la rappelle… Même si elle a toujours été menue, mieux valait ne pas l'affronter au rugby : c'est ce qu'elle avait retenu d'un stage d'été.

Maëlle apparaît à l'entrée du couloir.

—C'est bon, j'ai tout.

—Dis-moi, est-ce qu'il vaut mieux que je mette ce cadre ici ? Ou celui-là ? demande Camélia, dubitative.

Sa cousine s'approche, glisse un baiser dans les cheveux d'Eliaz et remonte la couverture sur Soizic, couchée dans un berceau qui occupe un recoin de la pièce.

—Eh Cami, ça ne craint pas trop de les laisser dormir et jouer ici tandis que vous venez seulement de repeindre ? Les gamins ne risquent-ils pas d'avoir des poumons de vieux fumeurs en respirant les vapeurs ?

—Pas de risque, lui assure-t-elle. J'ai pris de la peinture écologique, notée A+ et j'ouvre quand même la pièce deux heures chaque matin.

—OK, tant mieux.

Maëlle s'accroupit au plus proches des cadres, dressés contre le bas d'un des murs. Elle demeure ainsi quelques secondes, peut-être une minute. Puis elle se relève.

—La reproduction de Chagall au milieu du mur blanc de l'autre côté de la pièce. Regroupe les cinq photos en noir et blanc sur ce mur, et les deux gravures sur le bleu canard, un peu éloignées l'une de l'autre, déclare-t-elle sans l'ombre d'une hésitation.

Le ton est si catégorique que Camélia ne s'imagine même pas remettre ses goûts en question. *Je crois même qu'elle a raison... Quel œil !*

—Tu m'aides à les accrocher ?

—Non, ma petite Cami. Je vais tondre pour être débarrassée de ma corvée.

—Tu ne te changes pas d'abord ?

Maëlle examine sa tenue, une grande jupe longue qui danse autour de ses chevilles et un débardeur sur lequel tombent en cascades de multiples colliers et sautoirs dans un style bohème.

— Je vais tondre, pas brasser du ciment à la main.

— Comme tu veux. Pendant ce temps-là, on reste ici.

*

Maëlle se déboîte presque l'épaule en forçant la porte de l'appentis, qui s'ouvre dans un grincement digne des films d'épouvante. Le bâtiment est plongé dans une semi-obscurité. Seule la lumière filtre au travers des anciens volets et de la porte ouverte. À tâtons, elle cherche l'interrupteur apposé en saillie sur une poutre verticale. Elle grimace quand ses doigts entrent en contact avec une toile d'araignée, poisseuse et collante. Elle les essuie contre sa jupe et continue sa recherche, jusqu'à trouver le vieux boîtier en bakélite. Maëlle actionne la molette et l'ampoule à filament se met à grésiller.

— Voyons voir l'engin, se dit-elle à voix basse.

Une grosse tondeuse, d'un rouge passé, l'attend fièrement au centre de la pièce. Maëlle la scrute tout en essayant de se remémorer ses années d'adolescente-paysagiste. *J'espère que c'est comme pour le vélo… Déjà, Cami m'a assuré que ses fils avaient vérifié le niveau d'essence et qu'ils l'avaient révisée.*

— Je tire la ficelle, là. Et après, je maintiens ces deux trucs… Très bien, on est partis !

D'ici une heure et demie, je serai allongée dans un des transats de la terrasse, un cocktail dans la main, délestée pour quinze jours de la charge des couches de Soizic. Maëlle se positionne derrière la tondeuse et la pousse dans le parc. Ensuite, d'un geste expert, elle la met en route en tirant trois coups secs sur le lanceur. Derrière la poignée, elle enclenche enfin la lame.

Qu'est-ce que c'est que ce truc ? Auparavant habituée à marcher calmement derrière une tondeuse, Maëlle est maintenant obligée d'opter pour une vive allure tellement la machine avance vite. *Je suis censée la pousser, et voilà que j'ai l'impression qu'elle me tracte.* Maëlle accélère le pas. À cette allure, toute la Bretagne sera tondue d'ici moins de vingt-quatre heures. Elle se demande si elle va tenir le choc dans cette course qui s'annonce sportive, elle qui n'a pas refait d'activité physique depuis un peu plus de deux ans, excepté les courses sur le marché du samedi matin, quand elle tient la poussette d'une main et un cabas dans la seconde.

Alors qu'elle adopte un pas très rapide et trottine derrière l'engin, ses colliers se prennent entre le guidon et le système d'embrayage. Pour tenter de dégager ses bijoux – et elle, par la même occasion –, Maëlle essaie de jouer sur la poignée, provoquant des sursauts de la tondeuse. Désormais, elle est obligée de courir derrière elle. Et, tandis qu'elle garde un œil distrait sur l'herbe au-devant de la machine – presque toute son attention focalisée sur les perles et les chaînettes de la quincaillerie qu'elle exhibe sur sa gorge –, les choses dérapent. Ou plutôt, elles s'emballent. En passant sur une taupinière, Maëlle perd le contrôle, ses jambes tricotent, et elle chute. Mais loin de stopper la course folle de la tondeuse, la Bretonne ne peut lâcher la poignée de sécurité. *Sinon, je vais mourir étranglée à cause de ces saloperies de colliers.*

Pendu par ses bras – et ses bijoux –, le corps de Maëlle est tracté, ses pieds essayant désespérément de venir en aide au reste de sa personne. Perdant une sandale dans la bataille, les yeux écarquillés, la femme prend peur quand elle aperçoit le gros pommier en face d'elle qui se rapproche dangereusement.

—Oh, putainnnn !

Projetant tout son poids sur la droite, elle parvient à faire dévier la machine de sa trajectoire, juste à temps pour éviter le tronc de l'arbre fruitier, pas assez pour donner un sérieux coup de rabot aux azalées. Ses gambettes fendent l'air, à mi-chemin entre un crawl incontrôlé et une danse de Saint-Guy. Toutes les émotions passent sur son visage : la peur, la colère, la stupéfaction, puis de nouveau l'angoisse, le soulagement d'avoir réussi à passer un obstacle supplémentaire…

—Cami !!! Si je crève, je te bute !

Toujours cramponnée, Maëlle lâche des salves et des salves de grossièretés en tous genres. Elle déjoue la plupart des embûches, encaisse les ecchymoses des premières pommes de la saison qui roulent sous elle, crachote même après avoir avalé un moustique – et elle espère vivement que ce n'est que ça. *Cette saleté a le même réservoir qu'un tank ou quoi ? Pourquoi ne s'arrête-t-elle pas ? Si je m'en sors, je mangerai plus de légumes verts, promis ! Et je ne laisserai plus traîner de vaisselle sale dans l'évier ! Ma vie sauve en échange !*

Si sa cousine ne vient pas à son secours, elle doit aller vers elle. Dans le petit salon, Camélia et les enfants sont loin de se douter de ce qui se trame à l'extérieur, le ronron de la tondeuse camouflant les vociférations de celle qui l'utilise. En se contorsionnant, Maëlle parvient à mener la tondeuse en direction de la terrasse. *Eh merde, il y a la piscine gonflable !* Et tandis qu'elle s'apprête de nouveau à faire changer de cap à l'appareil, elle se dit qu'une assez grande quantité d'eau pourrait peut-être stopper le moteur thermique. Ni une ni deux, la guerrière qui sommeille en elle prend le pas sur ses craintes : droit sur la piscine Reine des Neiges. *Libérée, délivrée ?*

Maëlle ferme les yeux et se prépare à l'impact. *Pourvu que ça fonctionne... Cinq, quatre, trois, deux, un...* La tondeuse heurte de plein fouet Olaf le bonhomme de neige. Très vite, la machine laisse sur le carreau le plastique dégonflé dans un abominable bruit de succion. Maëlle, entièrement détrempée, ignore comment son plan a pu échouer. *Le moteur aurait dû être noyé !* Maintenant, toute l'herbe coupée se colle sur sa peau et ses vêtements mouillés. Rédigeant mentalement sa nécrologie – déformation journalistique oblige –, elle ne comprend pas immédiatement ce que les crachotements de la tondeuse signifient. Quand la saleté sur roulettes s'arrête quelques mètres plus loin, Maëlle est ahurie. Les bras endoloris, elle se cramponne à la machine, lâche la poignée et se retrouve libérée. La tête lui tourne, le film de sa vie en avance rapide n'y étant certainement pas étranger. Après avoir repris son souffle, tout en se massant les épaules, elle vient frapper trois petits coups secs à la porte vitrée du salon. Camélia vient tout de suite lui ouvrir, sa mâchoire se décrochant presque. Elle s'apprête à parler devant la petite bonne femme recouverte de gazon mais Maëlle lève la main :

— Je t'en prie, pas de commentaires.

— Si tu veux, concède sa cousine, l'air sérieux. Mais j'hésite : dois-je rire ou souscrire à un crédit ?

— Tu entends ce bruit ? questionne Maëlle, le doigt en l'air.

— Non, soutient l'autre.

— C'est l'une de mes côtes qui vient de se fêler tellement tu es drôle.

Elle ajoute, avec un regard noir :

— J'ai failli mourir aujourd'hui. Je te paie un jardinier demain et on n'en parle plus jamais. Et si tes enfants souhaitent réviser la mécanique d'une machine dans le futur : dis simplement non ou étrangle-les. Ça sauvera des vies.

En geignant et en claudiquant, Maëlle prend la direction de la salle de bains, Camélia et les enfants échangeant des regards amusés.

12

Alors que la petite Anna tente de s'enfiler des corn-flakes dans le nez, gentiment aidée par sa sœur qui lui prête main-forte, Camélia fait semblant de ne rien voir, appuyée contre le plan de travail. *Avis à toutes les mères : je ne culpabilise même pas ! Après tout, que peut-on me reprocher ? Complicité dans une affaire d'agrandissement de narines ? Culture hors-sol non homologuée par un organisme indépendant ?*

Les mains en coupe sous sa tasse en porcelaine, Camélia approche son thé Oolong de son visage pour inspirer au plus près les délicats arômes de la boisson. *Des notes de bois et de miel, peut-être même un soupçon de fruit ?* Les vapeurs d'eau chaude se déposent sur sa peau, en fines gouttelettes au-dessus de sa bouche. Doucement, Camélia porte son thé à ses lèvres pour en tester la chaleur. Elle aspire une petite gorgée… et manque presque de la recracher quand Maëlle entre dans la pièce avec ses deux petits bouts. Si Soizic, en plus d'une coiffure entre la coque et la crête, porte une jolie robe à imprimés de canards, son frère est vêtu d'une salopette accrochée d'un seul côté, d'un débardeur – qui n'a même pas l'air d'être le sien –, ainsi que de deux grandes chaussettes qui lui arrivent aux genoux, portées dans des sandalettes à lanières. Le tout, dans des imprimés qu'il ne fait pas bon mélanger les uns aux autres…

—Pas de commentaire. On évitera de sortir, c'est tout, déclare Maëlle pour couper court à toute suggestion ou question.

—Là… J'ai quand même l'impression de voir du Pollock sous LSD, ne peut réprimer Camélia. Hier pourtant, il était correctement vêtu.

—Encore une fois, pour ça aussi, c'est grâce à Andrew. Je n'y suis pour rien.

C'est totalement incompréhensible…

—Oui, mais toi, tu sais bien t'habiller. Que s'est-il passé avec la penderie ? s'étrangle Camélia. Elle te refuse le passage ou recrache les affaires d'Eliaz de manière aléatoire ?

—Accorder les couleurs et tout, pas de problème. Mais les enfants sont plus coopératifs avec leur père qu'avec moi quand il s'agit de les habiller. Encore, pour Soizic, une robe et le tour est joué. Mais pour mon Zazou… Je ne lui enfile que les choses les plus faciles, ce qui n'est pas forcément du meilleur goût.

Peut-être que, devenu grand, il traînera sa mère devant les tribunaux pour traumatismes psychologiques à outrance ?

—Tu m'étonnes… Et la casquette, c'est pour quoi… ?

—Je n'arrive pas à le coiffer.

Camélia hoche la tête, compréhensive. Si les cheveux de ses filles, si fins et doux, sont faciles à démêler et peigner pour elle, Arthur connaît plus de difficultés que sa femme à ce sujet. Parce qu'il craint toujours de les blesser, de tirer trop fort sur les nœuds, ou de leur créer des balafres s'il appuie sur leur crâne avec la brosse, le papa poule oublie toute velléité de coiffer ses filles dès lors que l'une d'elles grimace légèrement. C'est ainsi que pour Noël dernier, Camélia a découvert Aela, pourtant vêtue d'une jolie robe patineuse en velours qu'elle avait choisie, avec un bob, et Anna avec une cagoule en laine… pour le repas du réveillon. Elle a d'abord cru à une blague et leur a enlevé leurs couvre-chefs, avant de se retrouver face à deux petits porcs-épics capillaires.

Camélia repose sa tasse et aide Eliaz à s'asseoir sur une chaise, avant de lui servir un bol de céréales et un yaourt aux fruits. S'installant à côté de lui, Soizic contre son sein, Maëlle l'observe pendant qu'il commence à manger.

—La seule coiffure que j'arrive à lui faire, c'est la crête de punk. Heureusement qu'Eliaz aime ça.

—Devant tant d'audace, capillairement parlant, il n'y a donc plus de doute à avoir : c'est ton fils.

—Oui, je trouve trop mignon que Zazou ait hérité ça de moi…, s'émeut-elle. Mais quand je lui en fais une, les autres mères me jugent. Sérieusement, elles ont tellement de temps libre qu'elles peuvent en passer à considérer mes moindres faits et gestes ? Dans ce cas, qu'elles me donnent la recette, je suis preneuse !

Camélia verse de l'eau bouillante dans une grande tasse qu'elle dépose juste devant sa cousine.

—Tu prends quoi ? lui demande-t-elle.

—Comme toi.

—Pour en revenir au style vestimentaire de ton fils… Ce que je t'ai dit, ce n'était pas pour te juger.

—Pas la peine de le préciser, Cami. Je sais qu'entre nous il n'y a pas ce genre de relation malsaine, faite de reproches dans le dos de l'autre et de sourires de façade. Tu fais partie des rares qui peuvent tout me dire.

Camélia pose une main sur celle de sa cousine et déclare dans un sourire :

—Alors, le plus sincèrement du monde, si je fixe trop longtemps Zazou, ça me pique les yeux.

En entendant cette phrase, Maëlle mime un air désapprobateur, mais ses yeux parlent largement pour elle, se plissant légèrement dans les coins et se transformant en demi-lunes.

*

Les orteils de Camélia gesticulent, tandis que le vent fait valser les voilages en fin coton de chaque côté des portes-fenêtres du salon, grandes ouvertes. Et encore, et encore… La jeune femme profite du spectacle et imagine les pans de tissu prendre vie. Celui-ci se gonfle comme une grand-voile d'un navire un jour de risée. Et cet autre oscille comme une vague, dont seul le bas voltige, montant et remontant, comme une femme qui soulève ses jupes et découvre ses chevilles. Les doigts de pied en éventail, un coussin moelleux sous la tête, Camélia se concentre de nouveau sur les pages dactylographiées du dernier livre qu'elle découvre. Si ses souvenirs sont exacts, elle avait dû l'acheter l'année dernière, sans avoir trouvé le temps de le lire avant aujourd'hui. Elle se replonge dans l'histoire, quand elle en est tirée une fois de plus :

—Camélia ! Camélia ! Je ne sais pas où se trouve Eliaz ! s'écrie Maëlle, essoufflée.

En sentant l'angoisse imprégner la voix de sa cousine, Camélia laisse tomber son roman et la rejoint vite dehors. Elle la trouve sur le perron, hagarde, tournant sur elle-même sans que sa vision ne parvienne à faire le point sur quelque chose de précis.

—Dis-moi ce qu'il se passe et calme-toi, cela ne sert à rien de s'énerver.

—Cami, si tu me conseilles encore une fois de rester calme, je t'en colle une. Mon fils a disparu ! Tu crois que c'est trop tôt pour appeler l'armée et le ministère ?

—Quel ministère ? s'étonne Camélia.

—Je n'en sais rien ! s'emporte l'autre, oscillant entre angoisse et affolement.

La situation est critique et la crainte balaie toute réflexion logique dans la tête de Maëlle. Pour la calmer et la forcer à l'écouter, Camélia attrape fermement les bras de sa cousine et plante ses yeux dans les siens.

—Écoute : j'ai fermé le portail d'accès comme chaque soir et la propriété est ceinturée de murs si hauts qu'il est difficile de les escalader pour un adulte. Donc, à moins que ton fils de deux ans ne soit à moitié écureuil, capable de grimper contre la pierre, il se trouve toujours dans la maison ou dans le jardin.

Ensuite, parce qu'elles ont toutes deux besoin de l'entendre à haute voix, elle ajoute :

— On va le retrouver.

Maëlle, au bord de l'évanouissement, ferme les yeux en signe d'assentiment. Camélia va donc prendre les choses en main, en parfait petit général.

— Où et quand l'as-tu vu pour la dernière fois ?

— Il jouait avec tes filles dans le parc. J'ai entendu Soizic pleurer alors je les ai laissés seuls deux, ou peut-être trois minutes.

— Et où se trouvent Aela et Anna en ce moment ?

— Je les ai vues jouer au milieu des arbres fruitiers, mais elles n'étaient que toutes les deux. Je leur ai demandé si Eliaz était avec elle, elles m'ont dit non. Je l'ai appelé plusieurs fois, mais il ne me répond pas.

— Très bien. On retourne voir mes filles.

Les deux femmes traversent le parc à grandes enjambées, tout en regardant aux alentours si elles ne décèlent pas la présence du petit garçon, qui se joue peut-être d'elles, tranquillement caché derrière un arbuste ou tapi dans les herbes folles.

Arrivée près de ses filles, Camélia les appelle pour qu'elles viennent les retrouver. Une fois de plus, elle leur demande si elles n'ont pas vu Eliaz. Bien qu'elles répondent par la négative en secouant uniquement la tête de gauche à droite, leur mère – qui les connaît par cœur – trouve leur attitude fort suspecte. Elle hausse légèrement le ton, pendant que Maëlle, derrière elle, se mord les petites peaux autour des ongles. Quand elle comprend qu'elle ne tardera pas à être bientôt démasquée, Anna pointe de son doigt potelé un des arbres du verger, Aela préférant cacher ses yeux derrière ses mains. La main en visière pour tenter de faire le point, les femmes distinguent une petite forme colorée et chamarrée, ficelée au tronc du plus vieux des poiriers. Eliaz sourit de toutes ses dents de lait, la grosse corde blanche le ceinturant contre l'écorce au niveau des tibias, du ventre et des épaules.

—Anna ! Ce n'est pas gentil ! Pourquoi as-tu fait ça ? la rabroue sa mère.

—Est moche, rétorque la charmante enfant pour toute réponse, en fronçant les sourcils et en faisant la moue.

—Ce n'est pas une raison suffisante ! réplique Camélia.

Maëlle toussote avant de lui jeter un regard noir en passant à côté d'elle pour aller délivrer son fils. La maman des jumelles se reprend et poursuit ses remontrances :

—Euh… Eliaz n'est pas moche. Tata Maëlle a seulement voulu faire preuve d'originalité. Et ce n'est pas parce que tu n'aimes pas les vêtements de quelqu'un que tu peux lui faire du mal. Je ne t'ai pas élevée ainsi, Anna Le Bihan !

13

Bien qu'il soit à peine plus de quinze heures, Camélia et Maëlle en sont déjà à leurs seconds spritz, affalées sur les marches qui mènent à l'entrée. Maëlle bénit Augusta et Loïc, qui ont eu le courage d'emmener les quatre enfants sur la plage, prenant enfin le temps d'écouter la clameur des vagues mêlée à celle des touristes. Camélia voyage, enivrée par le prosecco et l'odeur des embruns. Quand un goéland fait du vol sur place au-dessus de leur tête, elle ne peut s'empêcher de se revoir, il y a quatre ans. Un peu plus tôt dans la saison, elle avait embarqué grand-mère Anna dans une carriole tractée par son vélo. C'est ce jour-là que les deux femmes s'étaient réellement rapprochées. Ce jour-là, aussi, que Camélia avait ressenti ce souffle de liberté qui, s'il n'avait jamais quitté Anna, s'était éteint au fil des ans chez la plus jeune. Et alors qu'elle l'avait reconquis, elle s'était une fois de plus laissé submerger par le quotidien, le goût de la vie s'étiolant de nouveau chez Camélia, sans qu'elle s'en rende compte. *Ne plus avoir le temps de savourer son bonheur, n'est-ce pas la chose la plus triste et risible qui soit ?* Parce que, oui, elle était heureuse, plus qu'elle ne l'aurait cru, plus qu'elle ne l'aurait jamais espéré. *Enfin !...* Grand-mère Anna avait toujours accueilli avec le même ravissement qu'un enfant qui les expérimente pour la première fois toutes ces petites choses, attentions, odeurs, bonheurs et satisfactions du quotidien, et il en était tout autre pour Camélia. Même après une magnifique leçon de vie de la part d'une nonagénaire, l'enseignement avait tendance à s'oublier, se perdre dans les méandres des habitudes et du banal. Elle se devait de le répéter. *Oui, c'est là ma résolution pour les vacances.*

—Bon, maintenant qu'on a balayé en large et en travers ton affligeante déculottée professionnelle devant les pincés du 16e, on peut parler de moi ? piaffe Maëlle qui a patiemment écouté l'aventure parisienne de sa cousine.

—Vas-y cocotte, je suis tout ouïe.

Maëlle, journaliste depuis des années, avait quitté sa place au *Télégramme* il y a quelques mois, juste avant son second congé de maternité. Il lui devenait de plus en plus difficile de concilier vie privée et vie professionnelle, comme de nombreuses mères dans la même situation. Ce qui, elle aimait à le répéter, n'était pas juste. Aussi, quand une nouvelle opportunité s'était présentée, à mi-temps de surcroît, elle avait sauté sur l'occasion. Un nouveau média web se montait, elle avait décidé de faire partie de l'aventure. Si les premiers temps avaient été idylliques – des locaux flambant neuf, une équipe jeune et dynamique –, tout s'était brusquement gâté quand l'actionnaire majoritaire avait décidé de faire valoir son droit de décisionnaire. Maëlle servait de bouclier aux jeunes chroniqueurs, et de faire-valoir à l'actionnaire. Elle devait soutenir les uns tout en jonglant avec les prérogatives de l'autre. De cette bataille d'egos, Maëlle n'était pas sortie indemne : son chef pensant que c'était elle qui mettait le feu aux poudres dans son dos, son ton mielleux avait laissé la place à des critiques acerbes et non fondées, cherchant tous les prétextes pour l'ennuyer et la pousser à bout. Dernièrement, il s'était mis en tête de reprendre Maëlle à chacune de ses phrases ou de ses envolées pour le moins lyriques.

— « Maëlle, vous êtes journaliste, vous devriez apprendre à surveiller d'un peu plus près votre langage. » Pourtant, je t'assure que je fais gaffe. Bon, il y a toujours un ou deux mots qui peuvent m'échapper dans la salle de rédac, balaie-t-elle de la main, mais comme pour tout un chacun. Ça se saurait si on pouvait toujours contrôler les mots qui sortent de notre bouche.

—Oui, surtout chez toi, expose Camélia.

—Ah ah, je me marre, ma petite Cami.

—Peut-être que le fait que tu appelles ton patron « Mon con » ou « L'embourbé de la caboche » n'est pas étranger à cette réflexion…

Maëlle pose une main contre son cœur, les yeux écarquillés :

—Oh non, tu penses, je suis bien élevée ! se défend-elle. Je ne le fais jamais en sa présence. Pour qui me prends-tu ? Je suis une adulte responsable, moi !

—Tu trouves que c'est responsable de te resservir un troisième verre de cocktail et de le déguster sous un soleil de plomb ?

—Non, ne te sers pas de ça contre moi. J'ai besoin de laisser la vapeur s'échapper de la soupape parfois. C'est typiquement le genre de chose qui me responsabilise, quand je suis de nouveau sobre…

Camélia fixe les aiguilles de sa montre. Elle avait bien donné rendez-vous au charpentier à quatorze heures trente, non ? En voyant la grande aiguille défiler, elle en doute presque. *Attends, attends, petit spritz. Quatorze heures trente, c'était l'heure de la rencontre avec l'artisan ou avec le pédiatre ?* Elle n'oublierait rien si elle marquait tous ses rendez-vous dans un agenda. *Oui, sauf que je suis tellement tête en l'air que je l'ai perdu...*

—Dis Cami, au sujet du mec qu'on attend… Tu es sûre que c'est un vrai artisan, au moins ?

—Comment ça ? Il en existe des faux ? s'inquiète sa cousine.

—Tu ne le croiras peut-être pas, mais en effet, c'est le cas. On a fait un article là-dessus. Des types qui sortent d'on ne sait où, qui s'installent comme artisans, bidouillent sur le chantier juste assez pour empocher l'argent de pigeons et pouf ! Ils s'envolent sans laisser de trace.

—Dans ton histoire, je suis donc le pigeon.

—Oui, mais présumé, précise la journaliste. Tu l'as trouvé comment ?

—Sur les pages jaunes.

—On verra ce que ça va donner… Je t'aiderai à faire la lumière sur ses qualités quand il sera là. S'il nous berne, on le confondra !

À peine Maëlle se gargarise-t-elle d'une nouvelle gorgée qu'une camionnette blanche, estampillée « Ducrot – Artisans charpentiers de père en fils », s'avance sur l'allée.

—Tu vois, c'est écrit : « de père en fils », lit tout haut Camélia, rassurée.

—Parce que tu le connais, son père ?

—Non, admet-elle.

—Alors, qu'est-ce que tu en sais s'il n'est pas coiffeur-visagiste à Gif-sur-Yvette ?

En se cramponnant l'une à l'autre, les deux jeunes femmes se lèvent, la tête leur tournant légèrement. Maëlle ébouriffe un peu ses cheveux aplatis pendant que Camélia lisse sa jupe du plat de la main, histoire d'avoir l'air un peu plus présentable. *Je représente les Le Guell. Ce n'est pas le moment que je fasse honte à ma belle-famille.* Quand l'homme descend de son utilitaire, Maëlle cligne ostensiblement des paupières – sans que l'on puisse blâmer le soleil – et Camélia pense qu'elle a dû abuser de la boisson.

—Madame Le Bihan ? s'adresse-t-il à Maëlle.

—Oui, lui répond cette dernière, visiblement sous le charme.

Elle lui serre la main, de la façon la plus gracieuse qui soit, le visage rayonnant comme si elle flottait au milieu d'un monde en barbapapa.

—Je suis Camélia Le Bihan, la reprend Cami en donnant un coup discret dans les côtes de sa cousine. Excusez-la, elle ne supporte pas le soleil.

Camélia apprécie la poignée du jeune homme, ferme et délicate. *J'ai l'impression qu'un artisan dont je tairai le nom se passe régulièrement de la crème hydratante sur les mains...*

— Je m'appelle Romain. Romain Ducrot. Vous m'avez contacté pour un devis ?

— Effectivement. Mon mari pense avoir repéré une fuite dans les combles. On aimerait que vous vérifiiez les mansardes, et la charpente en général.

— Pas de problème. C'est par où ?

— Suivez-moi, lui propose Camélia en les entraînant, Maëlle et lui, dans son sillage.

Les trois entreprennent de monter sous la toiture, en passant par le grand escalier du rez-de-chaussée, avant de se faufiler par la porte du premier pour atteindre les combles par des marches en sapin aussi étroites qu'une échelle de meunier. Arrivée au grenier, Camélia tient la porte sur le palier et laisse passer Romain Ducrot en premier, puis Maëlle, à qui elle chuchote :

— Arrête de sourire, comme ça ! Il est charpentier, pas dentiste.

Maëlle glousse : en compagnie de sa cousine, elle a parfois l'impression de revenir aux heures bénies de sa puberté, quand elles n'avaient pas d'autre souci en tête qu'une fiche de lecture à remplir ou la tenue à choisir pour la prochaine boum. L'alcool en plus.

Le charpentier commence minutieusement son inspection, en passant dans les quelques chambres de bonne restantes – une partie d'entre elles ayant été détruites pour agrandir l'espace et devenir le « salon des enfants » quand Arthur et ses cousins passaient toutes leurs vacances ici. Il examine ensuite les fenêtres et les poutres de la grande salle du palier.

— Oh la vache, la poussière ! Si un jour tu rencontres un allergique qui te manque de respect, amène-le ici ! s'amuse Maëlle.

— On ne vient jamais. Je crois même n'être venue là qu'une seule fois, du temps d'Anna. L'endroit a vraiment repris sa fonction de grenier depuis belle lurette. Grand-mère Anna permettait à Arthur et à ses cousins de venir jouer ici quand ils étaient encore des gosses, à condition de ne rien abîmer des souvenirs qui y étaient entreposés. Mais l'endroit a peu à peu perdu de son intérêt et de son mystère quand les petits-enfants ont atteint l'adolescence…

Cami renverse la tête en arrière pour admirer ce qui est visible de charpente.

— Arthur m'a dit qu'ils appelaient cette pièce le bateau renversé, parce que la disposition des poutres rappelait la coque retournée d'un navire échoué. Ici, ils jouaient aux pirates, cachaient des trésors et dessinaient ensuite des cartes pour pouvoir les retrouver d'un été à l'autre. Il m'a confié que, souvent, les cartes disparaissaient ou se trouvaient altérées par le verre de limonade d'un maladroit…

Mais Maëlle n'entend pas, occupée à observer de plus près ce qui reste d'une vieille tapisserie aux impressions surannées. Autrefois jaune, un motif récurrent fait de petites fleurs roses s'entrelaçant revient à intervalles réguliers sur un des murs de la grande salle.

—Dire qu'une femme de chambre a autrefois vécu ici…

—Je sais… Les gens ne se rendent pas compte du confort qu'on a gagné. Et encore… Ici, le personnel était chanceux : on compte une cheminée par chambre de bonne.

Grand-mère Anna lui avait tout raconté de l'histoire de la maison, un jour de pluie pendant lequel les deux femmes n'avaient pas pu entreprendre une de leurs promenades. Quand les parents d'Anna s'étaient installés dans le manoir après leur déménagement de Champagne, ils avaient trouvé scandaleux que les femmes de chambre n'aient pas de chauffage, une d'elles leur ayant même avoué que l'eau dans son broc avait gelé durant une nuit, lui rendant impossible la toilette du matin. Ils avaient donc entrepris d'installer une cheminée pour chacun de leurs employés, même pour les jardiniers qui vivaient un peu plus loin sur la propriété. Au fil du temps, comme dans de nombreuses maisons, les envies de modernité avaient peu à peu allégé la masse salariale : quand ce n'étaient pas de nouvelles machines qui faisaient le même travail que deux employés, ils s'en allaient d'eux-mêmes pour trouver un avenir meilleur, comme secrétaire ou ouvrier dans une usine qui se créait. Le personnel qui partait en retraite n'était plus remplacé et on préférait déléguer certaines tâches à un ou deux habitants du village. Une solution qui s'avérait également plus économique…

Romain Ducrot éclaire une des poutres grâce à son téléphone, puis gratte la surface du bois à l'aide d'un tournevis plat. Plus loin, Camélia se penche à l'oreille de sa cousine :

—Alors, qu'en penses-tu ?

—Je n'ai toujours pas réussi à le démasquer pour savoir s'il s'agit d'un vrai ou d'un faux artisan. Tout ce que je peux dire, en l'état actuel de mon enquête, c'est qu'il a de jolies fesses.

Camélia hausse les yeux au ciel.

—Je te remercie pour ton analyse pertinente.

—Il y a tout de même une chose qui m'interpelle, continue Maëlle sur le ton de la confidence. Comment as-tu fait pour tomber sur un gus pareil ? Moi, à chaque fois que j'appelle un artisan, je me retrouve en face d'un mec bedonnant qui se plaît à laisser apparaître certaines parties de son anatomie qu'il vaudrait mieux cacher…

La propriétaire de la maison grimace en ricanant :

—Ah, tais-toi, malheureuse !

Les deux femmes rient comme des gamines, hoquetant et se tenant le ventre tellement leurs muscles abdominaux se rappellent à leur bon souvenir.

—Arrête, j'ai plus le périnée aussi tonique qu'avant ! Je ne vais quand même pas me faire pipi dessus devant Romain Ducrot ! sermonne Maëlle.

Mais le fou rire, s'il est stoppé quelques secondes, repart de plus belle quand les deux cousines croisent le regard de l'autre.

—Bon, j'ai fini, déclame l'artisan, terminant de prendre des notes dans son calepin, à l'aide de son crayon gris.

— C'est grave ? craint Camélia.

— Non, pas trop. Il faudrait juste repiquer quelques ardoises pour éviter les fuites. C'est une journée de travail, pas plus. Je viendrai avec un copain zingueur, pour qu'il vérifie la couverture au pied de deux de vos lucarnes-pignons.

— Mais sinon, la toiture ?

— Elle est nickel, pas de problème. Je vous envoie un devis et, si vous le signez assez vite, je peux me débrouiller pour venir faire le nécessaire entre deux chantiers.

— Oh, ce serait super !

Camélia propose de le raccompagner, Maëlle demandant la permission de rester encore un peu, elle qui aime le mystère entourant les anciens lieux de vie. Petite déjà, elle s'imaginait en héroïne épique, abandonnée dans la vieille cabane de jardin. *Cela aurait eu plus d'allure si seulement ce jeu avait eu lieu ailleurs que sur le terrain d'un petit pavillon de lotissement...* Et quand elle visitait une grand-tante qui habitait une ferme médiévale laissée à la dérive, elle devenait une espionne ou une aventurière à la recherche de parchemins d'alchimiste. Elle aimait avancer à pas de loup sur les tomettes cassées, s'effrayer du bruit du vent qui secouait les volets, sursauter en surprenant sa propre ombre.

14

Après le départ de l'artisan, Camélia attend quelques minutes au pied de l'escalier que sa cousine redescende à son tour du grenier. Comme elle est lasse, elle s'assied sur le banc près du meuble à chaussures, tout en guettant la grande horloge dont la grande aiguille continue imperturbablement sa course. *Le contrecoup de l'alcool en plein milieu de la journée, très certainement. Je me ferais bien une petite pause avec des muffins, pour me requinquer.* Parce qu'elle a été éduquée avec du savoir-vivre, elle attend donc Maëlle pour prendre le thé. Cette dernière ne redescend pas et Camélia piétine dans l'entrée.

Finalement, elle reprend le chemin du premier pour aller se chercher un pull, puisqu'elle frissonne de plus en plus. En ressortant de sa chambre les bras recouverts d'un tricot fait de mailles lâches en coton, Camélia se force à monter voir sa cousine et découvrir la raison pour laquelle elle préfère rester sous le toit poussiéreux, plutôt que de profiter des pièces propres qui l'attendent plus bas. Tout juste arrivée sous les combles, une inquiétude l'étreint. *Pourvu qu'il ne lui soit rien arrivé, qu'elle ne soit pas en train d'agoniser, écrasée sous une planche ou blessée par un escadron de chauve-souris. Eh oh, reprends-toi ! Un, les chauves-souris ne sont pas maëllovores, pas même carnivores. Deux, elles dorment en journée. Trois, il n'y en a pas dans le grenier !* Qu'elle se sent bête, parfois, avec ses prémonitions hasardeuses et sa façon de toujours craindre le pire… même quand il n'y a rien.

Dans la grande salle sur laquelle débouche le pallier, rien, pas de trace de Maëlle. Pourtant, elle distingue bien une sonorité, comme un frottement. Camélia, peu rassurée en cette partie de sa maison, avance prudemment sur le plancher aux lattes en sapin et aux joints larges. Elle appelle doucement sa cousine comme pour ne pas réveiller… qui, au juste ? Il n'y a personne, mais elle n'ose toujours pas hausser la voix. Elle passe la tête par la porte d'une ancienne chambre de bonne, puis une seconde. Toujours rien. Elle continue d'avancer dans le couloir peu engageant, baigné dans l'obscurité. *J'ai le cœur qui s'emballe... Je ne suis jamais allée dans cette partie-là des combles, aussi loin.* Elle se retourne vers la porte qui ferme l'escalier pour redescendre au premier et lui jette un regard. *Peut-être le dernier ?* Elle reprend son exploration, tout en pestant sourdement contre Maëlle qui n'avait qu'à rester auprès d'elle. À chaque craquement du parquet sous ses tennis, Camélia se contracte et rentre la tête dans les épaules, avant de poursuivre sa progression. *Ma pauvre fille, tu es ridicule. Heureusement que personne ne te voit...*

Elle arrive au niveau des entrées des troisième et quatrième chambres. Elle pose sa main sur la poignée en porcelaine jaunie et fendue de la porte sur sa droite, et l'ouvre doucement dans un craquement. La pièce est baignée de soleil, réussissant à passer au travers de l'enchevêtrement de toiles d'araignées et de la vitre crasseuse de l'œil-de-bœuf. Même si elle voit la poussière voler dans les rayons dessinés par l'astre, et que l'ensemble est aussi défraîchi que le reste de l'étage, Camélia trouve presque agréable cette petite chambre de bonne. Un papier peint ivoire, recouverts de fins motifs bleus de myosotis, confère un charme désuet à l'ensemble, même s'il se décolle par endroits. Une petite cheminée agrémente la pièce, mais Camélia, toujours sur le seuil, n'arrive pas à en discerner la matière sous l'épaisse couche de fines particules grisâtres et beiges. Au centre du plafond, un lustre pend misérablement, l'abat-jour en opaline ayant perdu de son éclat. *Les plinthes couleur crème auraient bien besoin d'un petit coup de Kärcher...* Dans un recoin, un vieux lit en ferraille dévoile son sommaire sommier à ressorts métalliques. Et au milieu du plancher, une grande malle ouverte, contenant des tas et des tas de papiers, dont certains jonchent le sol. Cette découverte intrigue Camélia qui s'en approche, tout en ayant oublié la raison principale de sa présence ici. Ses quelques pas soulèvent des volutes éphémères en provenance du parquet et, à peine est-elle entrée que…

—Cami ! lui hurle Maëlle dans les oreilles.

Camélia sursaute, proche de l'apoplexie, avant de se remettre de ses émotions et de donner une tape rageuse sur l'épaule de sa cousine.

— Tu es cinglée ! Je m'inquiète pour toi et viens te chercher, tout ça pour que tu risques de me faire claquer sous les toits !

— J'aurais dû te filmer…

Peu importent les remontrances de sa cousine et son expression furieuse, Maëlle rit à gorge déployée, à tel point qu'elle se plie en deux en serrant les cuisses, ressentant bientôt une barre qui lui scinde l'abdomen et la force à se calmer d'elle-même.

— Allez, Camichou ! Ne tire pas la tronche !

Cette demande ne lui attire pas l'indulgence de Camélia, toujours occupée à tenter de reprendre son souffle. Son cœur tambourine si vite dans sa poitrine que son petit pendentif tressaute à très vifs et réguliers battements, rendant audible la vitesse de son pouls pour quiconque s'approche d'elle.

— Viens, j'ai fait une découverte qui va te plaire, j'en suis sûre !

Camélia suit sa cousine, au pied de la vieille malle. D'abord réticente, elle s'assied finalement auprès d'elle, avec une petite pensée pour sa jupe autrefois propre qui vient de gagner le droit de voyager en express vers sa machine à laver. En position tailleur, Maëlle pose une première feuille noircie à l'encre sur le tissu tendu entre ses genoux. Camélia la déplie prudemment, ne sachant à quoi s'attendre. *Des lettres intimes, entre deux amoureux ? De vieilles factures ou lettres de créances ? Peut-être seulement des réflexions personnelles sur un quelconque sujet ?*

Elle commence par déchiffrer la date, 25 août 1948, le nom du destinataire, Anna – celle-là même qui sera connue plus tard comme grand-mère Anna –, et enfin celui de l'expéditeur, une certaine Maxine. Camélia creuse sa mémoire. Il lui semble bien se remémorer un nom semblable dans les souvenirs que la grand-mère avait partagés avec elle. Ce devait être une cousine, du côté maternel. Le ton de la lettre est badin, sans toutefois révéler une forte amitié, s'accordant à relater des faits quelconques, ceux d'un été passé à Reims. La dame décrit ses promenades agréables dans un des parcs de la ville et ses après-midi passés en compagnie de certaines de ses amies, dans un salon de thé du centre-ville. Apparemment, son mari était un féru de sports puisqu'elle fait mention de cette passion, à l'occasion des Jeux olympiques se déroulant à Londres, cet été-là. Cette partie de la famille devait être composée de riches propriétaires terriens, car Maxine parle des belles récoltes de blé et de betteraves faites par leurs fermiers. Toutefois, déplore-t-elle, le faible ensoleillement estival fait craindre une moins bonne année pour la production de champagne.

Avidement, Camélia découvre une autre lettre – plus intéressante cette fois –, adressée à Anna toujours, mais datée de novembre 1963, plus difficile à déchiffrer puisqu'écrite en anglais, d'un geste qui semble peu maîtrisé, avec très peu d'espace entre chaque mot. Camélia tente pourtant de s'atteler à la tâche. Elle est signée par une prénommée Kitty… Camélia fait aussitôt l'association entre la langue de Shakespeare et la dénommée Kitty : l'amie que s'était faite Anna pendant la Seconde Guerre mondiale, lorsqu'elle avait intégré l'école des infirmières en Écosse. Elle s'était amourachée d'un soldat, comme Anna… *Vite, que raconte-t-elle ? Qu'est-elle devenue après l'Armistice ?* Elle écrit son désarroi et sa peine, suite à l'assassinat de John Kennedy, celui en qui croyaient de nombreux jeunes Américains pour réformer l'Amérique et redonner l'espoir à toute une génération. Elle confie également à quel point elle et les femmes de son entourage le trouvaient bel homme, si bien assorti à son élégante Jackie. Camélia regarde de plus près les timbres oblitérés : le courrier est parti de New York. Kitty était-elle en vacances ? Avait-elle déménagé ? Et que s'était-il passé entre Peter le soldat et elle ? Avait-il survécu ? S'étaient-ils mariés ? Ou au contraire, s'étaient-ils éloignés l'un de l'autre au sortir de la guerre ? Hélas, trop d'années se sont écoulées entre les souvenirs partagés d'Anna et de sa jeunesse, et la date de cet envoi, et Kitty ne relate que des faits récents. Camélia demeure avec ses questions. À moins que dans d'autres courriers…

Maëlle ne cesse de décacheter, ouvrir et déplier de nouvelles lettres, n'accordant à chacune d'elles que quelques secondes. La journaliste écarte tout de suite celles qui lui semblent peu intéressantes, voire soporifiques. *Que cherche-t-elle à découvrir au juste ? Un scandale mettant en scène le monde politique ? Je crois qu'elle ne risque pas de trouver ce genre de choses dans cette malle, dans ce grenier breton.* Soudainement, son visage s'illumine pourtant. Les yeux grands écarquillés, elle tapote l'épaule de sa cousine et lui glisse une nouvelle missive sous le nez :

—Et regarde celle-là, qui était rangée juste à côté. Elle est écrite de la plume même d'Anna !

Camélia l'arrache presque des mains de Maëlle pour la lire.

—J'ai l'impression…, commence-t-elle avant de passer elle aussi en revue les courriers contenus par la malle, un à un.

Elle reconnaît rapidement l'écriture de l'aïeule, puisque Arthur conserve une partie de la correspondance d'Anna – les lettres qu'il a lui-même échangées avec sa grand-mère – dans une grande boîte à chapeaux, rangée tout en haut de leur penderie.

—Oui, c'est ça ! De façon générale, une lettre sur deux est adressée à Anna, accolée à la réponse qu'Anna a rédigée.

—Il y a quelques bavures et ratures… Elle a dû conserver ses brouillons pour suivre le fil de ces conversations épistolaires, suppose Maëlle.

En se penchant sur ces années de correspondance, toujours sagement rangée après tout ce temps, Camélia est heureuse qu'Anna ait trouvé une façon de se frayer un nouveau chemin dans son existence. Comme un coucou envoyé à retardement pour le moment où elle ne serait plus là et où les siens trouveraient apaisant le fait de se la remémorer, de partager encore une fois quelques instants avec elle.

—C'est bête, j'ai l'impression que ce ne sont que les lettres par et pour la mémé Anna, réfléchit

Maëlle à voix haute. J'aurais bien aimé découvrir des vieilles missives écrites sous Napoléon ou même des parchemins !

— Calme tes ardeurs, Champollion. L'acquisition de ce manoir ne remonte pas à très longtemps, puisque ce sont les parents d'Anna qui l'ont acheté. Même si c'est un peu décevant, c'est normal qu'on ne trouve que de la correspondance écrite assez récemment, explique-t-elle en mimant des guillemets sur le dernier mot employé.

Maëlle dodeline pendant que Camélia plonge dans une nouvelle lecture. Une jolie carte postale dans les tons sépia, sur laquelle est représentée la gravure du château de Chenonceau. Elle s'attarde sur la légende écrite juste en dessous et apprend qu'il été construit au XVe siècle par Thomas Bohier, trésorier général des finances, et par sa femme, Catherine Briconnet. De ses années d'école, Camélia ne se souvenait que de deux autres de ses illustres propriétaires : Diane de Poitiers et Catherine de Médicis. Si sa mémoire ne lui joue pas des tours, elle se rappelle également le commentaire entendu lors de la visite guidée durant une sortie scolaire (peut-être avait-elle neuf ou dix ans ?). Le guide avait mentionné ce château comme « le château des Dames », entre les murs duquel s'était jouée une querelle amoureuse. Bien que Chenonceau soit la propriété du royaume, Henri II avait contourné cet état de fait pour en faire don à sa favorite, la belle Diane de Poitiers, celle que l'on surnommait « la plus que reine ». Mais à la mort du roi, sa femme Catherine de Médicis avait repris le château à Diane, et apporté des modifications au lieu afin d'en chasser le souvenir de la courtisane…

C'était bien là une des rares choses qui s'était frayée un passage dans ses souvenirs, Camélia, peu férue d'histoire, ayant toujours préféré la petite histoire à la grande… Au dos de la carte, le jour et le mois d'envoi sont illisibles, au contraire de l'année : 1938. Des lettres rondes et tracées avec application parlent d'une expédition en famille dans la vallée du Cher au cours du printemps et de la découverte de Chenonceau et de ses deux galeries couvertes. Sûrement une camarade de classe d'Anna…

Le son d'une course lourde heurtant le vieux plancher parvient du couloir. Maëlle, qui s'est esquivée un peu plus tôt afin de fureter tranquillement dans les autres pièces encore fermées, âme aventureuse oblige, revient au pas de charge.

—Oh Cami, tu devrais venir voir ça !

De mauvaise grâce, Camélia se lève, elle qui aimerait pourtant continuer à déchiffrer et parcourir les dizaines et dizaines de lettres qui viennent d'être dénichées. Elle suit sa cousine, plus loin encore dans le couloir, et pénètre dans une autre chambre aux tons lilas. Ce n'est pas le vieux jouet d'enfant – un berceau à poupées en fer – qui attire son attention, mais bien les quatre autres malles de voyage qu'elle découvre. Maëlle les a ouvertes en grand, et toutes contiennent elles aussi du papier ivoire à perte de vue, des centaines de courriers.

— Tu crois que ta baraque a accueilli la version locale de madame de Sévigné ?

Camélia est tellement absorbée par cette vision qu'elle ne prête pas attention à la remarque de sa cousine. Elle s'avance et s'accroupit, tirant une première lettre, écrite à l'attention d'une certaine Aela. À la vue du destinataire du courrier, Camélia sourcille. Mais après tout, si elle a choisi pour sa fille un vieux prénom breton, il est normal que d'autres l'aient porté avant celle-ci.

Au hasard, dans une autre malle, elle tire une nouvelle enveloppe non cachetée qu'elle ouvre. D'Anna pour Aela. Elle en prend une troisième. Encore le même destinataire et le même expéditeur. Alors, elle en saisit plusieurs, à l'aveuglette, dans différentes malles. D'Anna pour Aela. Encore, encore, encore. Camélia se retourne vers sa cousine, cherchant son aide pour comprendre :

— Mais Maëlle…

— Ouais. Elles sont toutes signées d'Anna. Et toutes destinées à une certaine Aela.

— Tu sais de qui il s'agit ?

Camélia se redresse, désormais entourée de quatre malles et de lettres qui recouvrent le vieux sol en bois.

— Non, lâche-t-elle.

Qu'est-ce que cela signifie ? Elle était proche de grand-mère Anna et, si elle lui a confié certains épisodes de son passé, jamais elle n'a évoqué une personne qui s'appelait Aela.

— Ce qu'il y a de bizarre là-dedans – enfin, d'encore plus bizarre –, c'est que dans la malle de la première chambre, il y avait un échange. Ici, ce ne sont que les brouillons d'Anna, jamais une seule réponse…

—À moins qu'il n'y ait d'autres lettres rangées ailleurs ? suppose Maëlle.

—Tu as visité tout l'étage ?

—Oui, les autres chambres sont vides, mis à part un ou deux bibelots sans importance. Et la cave ? espère la cousine fouineuse.

—Je m'y rends encore assez régulièrement, et je ne crois pas avoir aperçu de malles, ni même de caisses.

—Tu me permets quand même d'aller vérifier ?

Camélia acquiesce silencieusement. Cette découverte l'a remuée plus qu'elle ne l'aurait cru, la tête lui tourne. Tandis qu'elle entend Maëlle descendre deux à deux les marches de l'escalier pentu, Camélia pose une main contre un des murs, le temps que son corps assimile la nouvelle. Ce qui la perturbe surtout, c'est ce prénom : Aela. Une telle récurrence, et donc une place importante dans le cœur d'Anna, sans qu'elle n'ait jamais prononcé ce nom à haute voix. Surtout, cette envie qu'elle avait ressentie, presque un besoin, d'appeler également une de ses filles Aela. La jeune femme pose son dos contre le mur et, doucement, se laisse glisser, un voile s'étant installé devant ses yeux, des paillettes dansant devant ses pupilles. La chaleur des combles mêlée à la poussière ne l'aidant pas en cet instant, elle essaie de respirer calmement. Tout était pourtant parti d'un simple rêve… Oui, un rêve uniquement…

Cela avait eu lieu une semaine après son mariage, peut-être dix jours, et coïncidait également avec le décès de grand-mère Anna. Même si la découverte du petit corps sans vie les avait tous énormément peinés, ils avaient tenté de voir cette épreuve avec les yeux de l'aïeule. Elle les avait quittés un jour de liesse, avait pu profiter du mariage dans le jardin et avait échangé avec chacun de ses enfants, petits-enfants et arrière-petits-enfants. Bien que légèrement diminuée après son AVC, elle avait gardé un esprit clair et aimait répéter à l'envi qu'elle ne regrettait absolument rien. Elle, qui avait appris à cueillir le bonheur, avait quitté ce monde un sourire aux lèvres. Et puis… Elle approchait de la centaine, ses proches s'attendaient bien à ce que ce jour arrive tôt ou tard.

Pour Arthur et Camélia, alors enceinte jusqu'aux yeux, une de leurs jumelles ne pouvait que porter le prénom de cette grand-mère bien-aimée. Mais quel nom donner à l'autre ? Tous deux avaient des idées qu'ils partageaient, sans parvenir toutefois à trouver un consensus. Une nuit pourtant, la réponse lui avait été soufflée… Cette fin de grossesse ne lui laissait aucun répit, et elle dormait en pointillé, d'un sommeil léger, ne cessant de se tourner et de se retourner dans le lit conjugal. Une fois de plus, elle s'était réveillée, en nage, repoussant les draps. Dans la moiteur de la nuit, elle étouffait, bien qu'une légère brise soufflât sur la côte. À deux doigts de se sentir mal, la peau moite et la sueur perlant dans les petits cheveux entourant son front, elle avait regardé quel était le poids qu'elle sentait au bord du lit, juste à côté de ses pieds. Le sable du marchand de sommeil encore dans les yeux, elle n'avait pas tout de suite saisi quelle était cette petite forme qui se tenait assise. La grand-mère les regardait paisiblement. Camélia lui avait demandé si elle avait besoin de quelque chose, si elle se sentait bien. Un sourire énigmatique digne de la Joconde fut la réponse. Anna ne dit qu'une chose cette nuit-là : « Aela ». Le matin au réveil, ce prénom résonnait encore en Camélia. Et Arthur l'avait adopté immédiatement.

Mais ce ne sont que des coïncidences ! Camélia, reprends-toi ! De formation scientifique et d'esprit cartésien, elle essaie d'analyser froidement la situation. Ce n'était qu'un rêve, un simple rêve. *Et pour l'originalité, l'être aimé décédé qui apparaît en blanc, bravo le cliché ! J'ai dû faire un mélange avec l'épreuve qu'on vivait à cette époque et un film passé à la télévision. En plus, tout le monde sait très bien qu'un cerveau de femme enceinte fonctionne bizarrement.* Pourtant, elle-même a de plus en plus de mal à se convaincre de ce qui s'est réellement passé cette nuit-là…

15

— Oh ! Ça va ?

Une tête ronde, des yeux de chouette et une coiffure en pétard dépassent du chambranle de la porte. Camélia tressaute, vaguement perdue dans ses pensées.

— Je crois que je me suis assoupie quelques minutes.

— Tu dois avoir chopé un coup de « vieillerie ». C'est le genre de chose qui fait des ravages en ce moment.

Maëlle lui prend les mains et l'aide à se relever.

— Quoi de neuf ? Tu as découvert des indices sur cette Aela ?

— Non, rien.

— Aucun secret inavouable ? demande la plus pétulante des deux, déçue.

En se redressant, Camélia se frotte rapidement les fesses, afin de secouer du tissu en coton vichy le plus gros de la poussière.

— Pas encore, si tu préfères que je le formule ainsi. Tu peux conserver un fond d'espoir… Et toi, dans la cave ?

— Aucune malle, valise, cabas de plage ni sac de course qui contienne des lettres. En revanche, je vois qu'on ne se refuse rien chez vous : on ne lésine pas sur la qualité du vin.

Il est vrai que l'immense cave recèle de nombreux grands crus, provenant des quatre coins du vignoble français. Du blanc et du rouge, bien entendu. Mais également du jaune et du rosé. La première fois qu'elle avait mis les pieds au sous-sol, Camélia avait été ébahie devant tous ces noms de vins sublimes qui se côtoyaient. Oui, du grand vin, elle en avait déjà tenu entre les mains ; elle en avait même offert une bouteille pour les quarante ans de son ex-mari. Mais là ! Rien que pour le bordeaux, on listait du Pétrus, du Lafite-Rothschild et du Cheval Blanc, de différentes années et de nombreux millésimes. Sans lire les étiquettes, on devinait aisément l'ancienneté des bouteilles – et donc leur valeur – au papier jauni, parfois décollé, déchiré, à la saleté et aux supposées crottes de rat qui les recouvraient.

—Ne rêve pas trop, presque rien n'est à nous, lui confie Cami. Les trois enfants se sont réparti équitablement les bouteilles au partage des biens. Mais notre cave est exceptionnelle au niveau du respect des températures et de l'hygrométrie. Donc, tout reste chez nous.

—Eh, si on prenait une petite bouteille de Condrieu, tu penses vraiment qu'ils s'en apercevraient ?

—Maëlle…, lui lance-t-elle sur un ton qui feint le reproche.

—Je dis ça, je dis rien, s'excuse-t-elle en levant les mains.

—Oui, bah, ne dis rien alors.

—Bon, on fait quoi pour les caisses, sinon ?

Elle a envie de proposer quelque chose, même si Camélia connaît par avance la réaction de sa cousine.

—On serait mieux pour déchiffrer dans un endroit plus frais et moins poussiéreux… Tu ne veux pas m'aider à les descendre au rez-de-chaussée, par hasard ?

—Non, tranche immédiatement Maëlle sans réfléchir, avant de surprendre l'expression sur le visage de Cami. Quoi, tu es sérieuse ?

Camélia sourit, en haussant les épaules, et affiche la même mine que lorsqu'elle avait dix ans et qu'elle demandait à son grand-père de lui rendre « un petit service », comme trouver une nouvelle coquille pour l'escargot dont elle venait de briser l'habitation principale ou aller acheter de la crème glacée à l'heure de la sieste « pour faire plaisir à grand-mère ».

—Tu exagères ! peste Maëlle.

Mais, bon gré mal gré, la Bretonne au caractère bien trempé saisit l'une des poignées d'une première malle, grossièrement dépoussiérée. Camélia pense déjà à la récompense qu'elles vont pouvoir s'octroyer d'ici peu et l'agite sous le nez de sa cousine, pour l'encourager.

—Imagine-nous, dans quelques minutes. Toi, moi, les lettres et une bonne bouteille de Côte-Rôtie.

—C'est bon ?

—Très.

—Ça roule. Allez, attrape l'autre poignée, qu'on se dépêche d'en finir avec ce déménagement.

Après avoir enfin descendu la dernière des cinq malles dans le salon, Maëlle s'affale sur le canapé et souffle aussi fort qu'un cachalot remontant à la surface. Pendant que sa cousine participe activement au réchauffement de la planète par sa forte production de CO_2, Cami part faire un tour dans la cave, devant la portion de rayon qui contient les quelques vins appartenant à Arthur et elle, et agrippe la bouteille de côtes-du-rhône.

Quand elle entre de nouveau dans le salon, Camélia surprend sa cousine en pleine sieste, la tête renversée sur le dossier, la bouche entrouverte. *À ce rythme-là, on ne va jamais feuilleter toute cette correspondance...* L'impatience la gagne. Tant pis pour Maëlle et son besoin de récupérer ! Camélia tape des pieds sur le parquet et prend un air étonné lorsque l'endormie se réveille, les yeux encore embrumés :

—Oh, je suis navrée. Tu dormais ?

—Non, pas du tout. Tu me prends pour une grand-mère ou quoi ? se rebiffe-t-elle.

Maëlle se redresse et ouvre grand les paupières en attendant que Cami apporte deux verres du buffet en ronce de noyer. Elles prennent la décision de commencer par lire les lettres qui les intriguent le plus : celles destinées à cette mystérieuse Aela, tout en faisant couler le délicieux breuvage à la sombre robe rubis dans les deux verres. Avant toute chose, Maëlle a besoin d'être rassurée :

—Je me demandais… Peut-on vraiment faire ça ?

Camélia fait mine de ne pas comprendre.

—Peux-tu préciser ?

— Je veux dire, a-t-on le droit de lire toutes ces lettres ? N'est-ce pas un peu… intrusif ? hésite-t-elle.

À vrai dire, l'idée a bien effleuré Camélia, sans lui accorder trop d'importance. Elle l'a vite balayée, préférant céder à la curiosité.

— Peut-être… Dans le même temps, si elle souhaitait que sa correspondance ne parvienne pas à ses descendants, Anna l'aurait détruite depuis belle lurette, non ?

— Ça se défend.

Chacune d'elles s'attelle à une malle, pour commencer. Au bout d'une heure, elles ne sont guère plus avancées. Les mots défilent sous leurs yeux, avec les anecdotes et les pans d'une vie entière, sans toutefois qu'une réponse – celle qui leur importe le plus – ne leur parvienne pour autant : qui est Aela ? Elles se mettent donc à échafauder des hypothèses, à grand renfort de vin rouge : une amie d'enfance ? une voisine ? une parente éloignée ?

— Peut-être qu'Aela est une copine qu'elle s'est faite en Angleterre ?

— Quand bien même elle aurait rencontré une autre Française là-bas, ce n'est pas possible : les dates ne coïncident pas. J'ai un courrier qui date de 1938, avant qu'elle ne quitte la France pour l'Écosse.

— Ah oui ? Moi, pour l'instant, le plus ancien que j'aie remonte à 1942. Anna aurait au moins pu ranger ses lettres par ordre chronologique…

Quand les idées les plus cohérentes sont déjà énoncées, il ne reste que les plus saugrenues :

—Et une espionne ? C'est vrai, quoi ! Elle avait peut-être été recrutée ?

—Dès son adolescence ? Et par qui ? Pour faire quoi ? demande Cami, perplexe.

—Je n'en sais rien, je ne suis pas omnisciente !

—Réfléchis : qu'est-ce qui pourrait paraître intéressant dans la vie d'une adolescente aux yeux d'une organisation, quelle qu'elle soit ? Et à Saint-Pol-de-Léon, qui plus est ! Bien que j'aime cette ville, elle n'a jamais été connue pour abriter des missiles ou l'exil d'un chef d'État destitué.

Maëlle hausse les épaules. Cela lui aurait bien plu, à elle, d'enquêter sur une ancienne espionne. On ne sait jamais, elle aurait même pu en tirer un livre.

—On devrait peut-être résumer ce que nous avons déjà appris ? Cela nous aiderait sûrement.

—Si tu veux, consent Maëlle, non sans faire la moue.

—Petit un, il s'agit d'une femme, qui a été la contemporaine d'Anna pendant plusieurs années puisque j'ai lu une lettre qui datait des années 1970.

—Petit deux, elle se prénomme Aela. Quoique… Peut-on vraiment en être sûre ?

Camélia ne saisit pas.

—Oui, on n'a pas réfléchi au fait que cela pouvait être un pseudonyme ou un surnom.

—Je ne vois pas pour quelle raison prendre un pseudonyme. Quant au surnom, quel pourrait être le prénom correspondant au diminutif « Aela » ?

Les yeux dans le vague, dirigés vers les moulures du plafond, Maëlle cherche l'inspiration. Cami la regarde, intriguée, pendant que les recherches de sa cousine la conduisent à soliloquer silencieusement et proposer – voire créer – des prénoms qui n'existent pas.

—Gabaela, propose-t-elle soudainement, les sourcils relevés.

—Gabaela ? Tu réfléchis durant ce qui me semble être une éternité, tout ça pour « Gabaela » ? répète Cami en secouant la tête, l'air contrit. Peux-tu redevenir sérieuse ?

—OK.

—Petit trois, reprend la plus concentrée des deux, c'est une personne avec qui elle partageait une certaine intimité. Rien à voir avec les autres lettres adressées à sa cousine, ou même à son amie Kitty.

En relevant la tête d'une des feuilles sur laquelle elle appuie ses dires, Camélia perçoit que sa cousine va encore sortir une énormité dont elle a le secret. Sa tête de bébé fouine qui a abusé du sucre en est le parfait signal d'alarme.

—Peut-être que la mémé aimait voyager sur l'île de Lesbos…, émet Maëlle.

—Non, soupire Camélia. Anna m'a parlé de ses deux grands amours et ils se prénommaient Faustin et James. Navrée de contrer tes théories une seconde fois.

—Oui, mais en même temps, t'en aurait-elle parlé ? ne lâche pas l'autre. Après tout, elle ne t'a jamais rien confié au sujet de ces malles remplies de lettres ou de l'Aela si chère à son cœur… Et elle avait bien le droit d'avoir ses secrets.

Bon, contrairement à son autre théorie, je peux reconnaître que cette hypothèse est recevable. Mais, en se remémorant tout ce qu'Anna lui avait laissé entrevoir de sa vie, de sa personnalité, de ses goûts, Camélia la discrédite finalement.

— Bien entendu, elle a pu garder une part de jardin secret. Et, qu'elle soit lesbienne ou non, je m'en fiche : la seule chose qui ait son importance, c'est l'affection que nous partagions.

Et à quel point elle nous manque encore à tous, même si deux ans se sont déjà écoulés…

— Mais qu'on mette les choses au point : si jamais tu émets des doutes sur la sexualité de sa grand-mère, Arthur va faire une syncope, reprend Camélia en rythmant son phrasé de son index.

À cette idée, Maëlle rigole. Rien que pour assister au spectacle de sa tête congestionnée, elle serait bien capable d'évoquer ces secrets – supposés – d'alcôve auprès d'Arthur.

— Et je tiens à te rappeler que, même pour sa génération, Anna était un esprit libre. Trop entière, jamais elle n'aurait pu être dans les bras de quelqu'un qu'elle n'aimait pas ou qui lui était imposé. C'est cela, surtout, qui me fait dire que ton hypothèse ne repose sur rien, encore une fois…

— C'est vrai que c'est plutôt ainsi que je me la rappelle, se souvient Maëlle. Elle était assez cool comme petite vieille.

Oh mon Arthur, heureusement que tu n'es pas avec nous en ce moment pour entendre Maëlle parler de ta grand-mère chérie. Tu serais capable de la provoquer en duel. Ou de la teindre en brune.

— Tu sais ce qui pourrait vraiment nous aider à mener l'enquête ? Avoir Augusta à nos côtés. Il me semble que c'est une mission pour elle. Elle connaissait sa mère mieux que nous, et elle a le droit de savoir ce qu'on a trouvé…, propose Maëlle.

Le 24 mars 1940,

Ma chère Aela,

Hier fut le plus beau jour de ma vie. Et, même si je sais qu'on ne doit pas dire ce genre de choses quand on n'a que dix-sept ans (tout juste), toi, tu me comprends. Pour cette date anniversaire, mon cher ami Faustin m'a offert... une voiture !

J'ai toujours eu envie de conduire, de savoir manier une automobile qui me mènerait où je voudrais, quand je le désirerais. Maman et Joséphine répètent sans cesse qu'une femme ne doit pas conduire. Si être une femme signifie de ne plus s'amuser, je préfère largement rester moi. Depuis des années, j'ai pris l'habitude d'aller discrètement dans le garage. T'en rappelles-tu ? Plus petite, je plaçais une vieille caisse en bois sous mes fesses, afin de voir le bout du capot par-delà le volant. Jusqu'au jour où j'ai suffisamment grandi et, gagnant en confiance, je ne me cachais même plus et partais pour d'imaginaires contrées, lorsque la voiture était encore devant la maison. Te souviens-tu de la fois où, surprise en

plein jeu, je me suis tapie à l'arrière du véhicule tandis que papa prenait place devant pour aller rendre visite à de la famille ? Et où, courbaturée, je me suis redressée au bout d'un moment, provoquant un effroi tel chez le patriarche que la voiture a fait une embardée ?
De ce fait, papa m'a également interdit d'approcher à moins de vingt pas d'une automobile. Ces exhortations n'ont fait qu'intensifier mon désir de conduire : Faustin m'a donc donné des cours sur les petites routes de campagne. J'ai commencé par le vieux tracteur d'Alphonse, avant qu'on me permette de toucher le volant d'une voiture. Jusqu'à ce qu'on considère que j'étais prête. Jusqu'à aujourd'hui. Faustin est arrivé juste après le petit-déjeuner dans un véhicule en tous points extraordinaire. Rouge brillant, décapotable, avec de beaux sièges en cuir crème. Une Bantam, c'est ainsi qu'elle s'appelle. Papa l'a remercié, avant de dissimuler la clé. Il m'a dit qu'il me les rendrait dès qu'il me jugerait assez mature. J'ai acquiescé. De toute façon, peu importe : je connais l'endroit où le trousseau a été caché.
Je ne sais pas ce qu'il adviendra de Faustin ou de moi. Apparemment, l'avenir apparaît bien sombre aux yeux de maman et papa, même s'ils chuchotent quand j'arrive dans une pièce. Quoi qu'il en soit, pour Faustin et moi, j'ai confiance en nous deux et en notre avenir. Ceux qui s'aiment

comme nous ont toujours une place dans le cœur de l'autre. Quand des gens sont amis comme nous le sommes, cela dure toute la vie.
Je te laisse avec mille baisers sans jamais te dire adieu,
À jamais à toi,
À jamais en moi,
Ta petite Anna

16

Trois jours plus tard, les trois femmes se retrouvent dans le grand salon, où la table basse croule sous des monticules de lettres – qui ont tendance à s'effondrer les uns contre les autres –, et le parquet s'efface sous le contenu des malles. Revenant de la cuisine avec la bouilloire, Camélia verse l'eau chaude dans les tasses contenant déjà du thé vert, des boutons de rose et de jasmin, le tout révélant des arômes tout en légèreté renforcés par la présence de pamplemousse et de litchi.

Camélia et Maëlle attendent impatiemment les impressions d'Augusta. Jusque-là, elles n'ont pu recueillir que des « Oh » et des « Ah ». Enfin – enfin ! –, Augusta repose une des feuilles manuscrites qu'elle tenait dans ses mains.

— Alors ? ne peut s'empêcher de demander Camélia.

— Je suis navrée, mais effectivement, c'est la première fois que je vois toutes ces lettres. C'est à peine croyable… D'ailleurs, si je ne reconnaissais pas l'écriture et les tournures de phrase de ma mère, je penserais que c'est une blague.

Augusta porte les mains à ses joues, révélant sa totale incompréhension.

— Toute sa vie… Toute sa vie est contenue dans ces lettres. Je vous remercie, les filles, d'avoir retrouvé ce trésor.

Sur ces mots, elle leur serre la main, dans un geste de gratitude. Mais pour Maëlle, ce n'est pas assez : vont-elles enfin obtenir le fin mot de cette histoire ?

— Vous savez donc qui est Aela ?

— Pas du tout, répond Augusta le plus sincèrement du monde. J'essaie de me souvenir de quelque chose, mais rien. En revanche, je vais téléphoner à mes frères : peut-être qu'ils pourront se remémorer une anecdote ou une journée, avec cette Aela. Ce n'est pas possible qu'elles aient été si proches sans que maman ne l'ait un jour invitée parmi nous. Si ce n'est pour des vacances, au moins pour prendre le thé.

Augusta croque dans un scone, avant de remuer son thé, poliment, comme on le lui a enseigné, il y a près de soixante-dix ans : de haut en bas, ou de midi à six heures, inlassablement. À côté d'elle sur le sofa, Maëlle utilise sa cuillère comme une touillette, et tourne énergétiquement la boisson comme si elle voulait monter des œufs en neige, avant de boire et de tirer la langue, qu'elle vient de se brûler. *Deux femmes, deux univers totalement opposés.*

Accompagnés de Loïc qui, ravi, se complaît dans son rôle de grand-père, les enfants rentrent dans la maison lorsqu'au-dehors, le bruit d'un tracteur leur parvient. Camélia se félicite d'avoir finalement appelé un jardinier. S'il se dépêche, il pourra même finir de tondre avant que n'éclatent les terribles orages que la chaîne météo a annoncés. *S'il vous plaît, foudre et pluie, attendez demain, ou cette nuit au moins...* Loïc fait un petit coucou aux trois femmes, Soizic dans les bras, en demandant aux plus grands d'être sages, le temps qu'il leur prépare des quartiers de pêche. Mais les trois petits bouts ne l'entendent pas de cette oreille.

Aela se hisse sur le tabouret en velours avant de commencer à taper furieusement ses petits poings contre les touches du piano. *Heureusement qu'on dit que le piano est un instrument à cordes frappées...* Clignant des yeux à chaque accord disharmonieux, les femmes tentent néanmoins de continuer à échanger sur le lien qui devait unir Anna à l'inconnue des lettres, et Augusta questionne sa belle-fille :

—Mais maman ne t'a jamais parlé de cette Aela, non plus ?

—Non, je peux vous l'assurer.

—Comment as-tu donc eu l'idée d'appeler ainsi une des filles ? l'interroge la septuagénaire.

—C'est un nom qui nous est venu comme ça…

Comment avouer la vérité ? Comment parler d'un rêve dans lequel une défunte grand-mère lui suggère un prénom pour un de ses futurs bébés ? *Je perdrais toute crédibilité aux yeux de ma belle-famille.*

Dans le salon les ont rejointes Eliaz et Anna, qui gesticulent avant de jouer à la bagarre sur l'immense tapis persan. Habituées depuis quelques jours aux jeux bruyants et remuants de leurs enfants, Camélia et Maëlle mettent en place la technique qu'elles ont adoptée récemment : elles tentent de s'imaginer dans une bulle de tranquillité, laquelle ne peut être percée par les hurlements ou les jouets qui tombent sur le parquet. Augusta, quant à elle, sursaute régulièrement ou tente discrètement de glisser un doigt contre son tragus, comme pour fermer ses oreilles aux assauts auditifs des enfants. Cette indifférence feinte marche pendant plusieurs minutes, peut-être un quart d'heure, avant que Maëlle n'en sorte quand elle repère Anna debout sur Eliaz, couché au sol :

—Anna, ne marche pas sur Eliaz, s'il te plaît. Ou alors, enlève tes sandales.

Au bout de quelques secondes, les trois femmes lèvent le nez de leur tasse et se regardent.

—Vous entendez ça ? C'est typiquement le genre de chose que je n'aurais jamais pensé prononcer avant.

—Ah ! les enfants… Ça vous change.

—Oui, admet Maëlle. Le problème, Augusta, c'est que je m'aimais bien, telle que j'étais avant. Les modifications n'étaient pas requises.

—Disons simplement que les petits sentent l'orage arriver… Cela va leur passer.

—Pensez-vous que cela se fera avant ou après leurs dix-huit ans ? demande la maman de Soizic et Eliaz.

Mais Augusta ne répond pas. Elle est loin, très loin, tout à coup. Le regard braqué vers les portes à panneaux de bois menant au hall, elle laisse sa bouche s'ouvrir petit à petit, avant de ne plus parvenir à soutenir sa mâchoire inférieure. Ses doigts toujours agrippés à la cuillère, pendant que sa main gauche s'accroche désespérément à la soucoupe de sa tasse, Augusta ne prononce pas un mot. Néanmoins, au clignement de ses paupières,

Camélia est rassurée : sa belle-mère est bel et bien en vie. Maëlle agite frénétiquement sa main devant les yeux ouverts de la septuagénaire, comme pour saluer sans grande distinction une foule imaginaire, ou pour laver très rapidement de grandes baies vitrées.

—Elle ne percute plus, lâche-t-elle finalement. Je crois que ta belle-mère a buggué, s'amuse la Bretonne haute en couleur.

—Chut ! lui intime sa cousine.

Maëlle ne peut-elle pas tenir un peu sa langue ?! *Il s'agit de ma belle-mère, quand même ! Avec un peu de chance, elle n'a rien entendu... Enfin quoi, que se passe-t-il ?* Maëlle penche la tête pour guetter qui vient du hall, l'objet même de l'anomalie dans le fonctionnement habituel d'une Augusta Le Guell, épouse Le Bihan.

—Eh bien, je vois que l'orage ne perturbe pas uniquement les plus jeunes. Et en parlant d'atmosphère électrique…

Le beau Romain Ducrot pénètre dans le grand salon, dans un silence de cathédrale. Tout absorbée par la contemplation de ce mythe fait homme, même Camélia ne pense pas aux ravages des chaussures de chantier sur l'ancien parquet en point de Hongrie. Et dire qu'elle avait presque oublié Romain Ducrot en plongeant dans les pages des souvenirs d'Anna ! Il lui avait téléphoné ce matin, à tout juste neuf heures, en lui expliquant qu'un de ses amis marins lui avait fait part des prévisions météorologiques qui annonçaient un déluge pour le début de soirée. Il était prévu que ses ouvriers terminent un autre chantier en cours dans la journée, afin de lui libérer assez de temps pour faire le plus gros des réparations chez Camélia et que le grenier de cette dernière ne se transforme pas en piscine.

— Excusez-moi de vous déranger, madame Le Bihan.

— Pas de problème, Romain. Euh… pardon, monsieur Ducrot, le rassure Camélia, largement perturbée par la vision de l'éphèbe.

L'Adonis sourit en coin et des fossettes se creusent dans ses joues mal rasées. Il est au centre de l'attention et il en a parfaitement conscience. Et bien qu'il apprécie, il ne se sent pas très à l'aise avec toutes ces paires d'yeux braquées sur lui, même s'il en a l'habitude depuis l'adolescence. Il sait par avance que s'il se met à rougir, il est perdu : les femmes deviennent incontrôlables lorsqu'elles assistent au spectacle d'un homme qui s'empourpre, témoignage rare de sensibilité et de vulnérabilité masculines.

— Je venais pour vous rassurer. Régis – vous savez, mon copain zingueur – vient de vérifier l'étanchéité de vos lucarnes et elles sont en parfait état, en tout cas de ce point de vue-là.

« De ce point de vue-là » ? Que cela peut-il signifier ? Camélia grimace, ce qui tire sur les muscles de son cou. Vu le nombre de lucarnes que compte le bâtiment principal, si la rénovation est nécessaire, Arthur et elle vont devoir encore économiser et augmenter le plafond de leur prêt bancaire s'ils souhaitent que les travaux soient réalisés dans le plus grand respect de la demeure et de son style architectural. *Quand on veut une vieille maison, on assume, même si la facture est douloureuse…*

—Que voulez-vous dire par là ? s'inquiète la jeune propriétaire.

—Ne paniquez pas, ce n'est pas grave. Tant que vous ne comptez pas créer de nouvelles pièces sous les combles, ce n'est pas pressé, considère-t-il en cherchant un signe de consentement de la part Camélia.

Non, il est clair que le manoir est suffisamment vaste pour loger toute une famille, ainsi que deux ou trois autres supplémentaires… Déjà que Camélia se refuse à faire intervenir une aide-ménagère, il est inconcevable d'agrandir encore la surface habitable.

—Et sinon ?

—Sinon, vous devriez tout faire isoler. Étant donné le bon état relatif du toit et celui, plus mauvais, des pièces actuelles, je vous déconseillerais le *sarking* et je vous dirais de faire une isolation par l'intérieur. C'est fou, la déperdition de chaleur que vous avez là-dedans. Et en été… c'est une étuve.

Camélia prend un air concerné et secoue la tête en signe d'approbation. *Quelqu'un peut-il décrypter ce charabia ? Qu'est-ce qu'il me raconte ?* Elle cherche de l'aide en se tournant vers Maëlle et Augusta, ce qui s'avère inutile : les coudes appuyés sur leurs cuisses et le menton soutenu dans leurs mains, leur concentration est uniquement centrée sur la beauté du jeune homme. *Merci les filles…* Bon, au moins, elle sait ce que signifie une isolation intérieure, à tous les points de vue…

—Oui, mais en ce moment, le budget n'est pas au beau fixe…, explique Camélia. Sans compter que la création de nouvelles pièces n'est pas à l'ordre du jour.

—Je comprends. Vous feriez de belles économies de chauffage si au moins vous faisiez isoler entre les planchers.

Au visage de Camélia qui s'assombrit, Romain Ducrot comprend que ce type de travaux devra également attendre… Il a de plus en plus de clients qui le font venir pour effectuer le minimum, à moins d'un risque imminent, et il comprend. S'il n'avait pas plusieurs ficelles à son arc, lui aussi devrait attendre pour rénover la petite maison en bord de plage qu'il vient d'acquérir.

—Bon, je vais bientôt avoir fini : les fuites dans votre grenier sont en passe de devenir un mauvais souvenir. Je tenais à vous rassurer puisque, depuis le toit, je vois que les épais nuages noirs sont poussés sur le littoral, commente-t-il de façon plus légère, pour chasser le désarroi chez Camélia.

Quand Romain Ducrot repart à son ouvrage sous les toits, les trois femmes l'accompagnent du regard en se tordant le cou jusqu'à ce qu'il sorte du salon et disparaisse en remontant les marches. Durant quelques secondes, elles restent là, à contempler l'endroit que le charpentier vient de laisser vacant. Maëlle – qui reprend doucement ses esprits – est la première à rompre le silence :

—Clairement, je dis oui, j'applaudis ! Non mais quel homme…, s'enthousiasme-t-elle baba d'admiration, en frappant des mains.

—Je n'ai jamais été une inconditionnelle du stéréotype mâle, mais là…, argumente maladroitement la septuagénaire.

— C'est vrai que là…, continue Cami, toujours songeuse.

Celle-ci est pourtant la première à remettre ses collaboratrices d'un jour sur le chemin de la raison, un moment plus tard :

— Allez, mesdames ! Si des hommes nous accordaient le même intérêt, nous serions les premières à crier au machisme et au non-respect des femmes. Reprenons-nous ! Nous avons une mission à accomplir.

— Camélia, voyez plutôt cet intermède comme une façon d'équilibrer la balance au nom de toutes les femmes qui ont subi des milliers d'années de prédation visuelle.

Les mots coulent facilement, Augusta les accompagnant d'un regard soucieux et empreint de déférence, le poing serré. Camélia rit sous cape : jamais elle n'a vu sa belle-mère dans cet état. *Si Arthur le savait...* Elle se fait néanmoins la promesse de ne rien dire. *Avant d'être une mère, c'est une femme. Et les femmes aussi ont le droit d'avoir des petits secrets. D'autant que celui-ci ne mange pas de pain...*

— Bon, les petites, revenons-en à nos moutons ! suggère Augusta.

Même si elle a la quarantaine, Camélia apprécie le fait d'être encore une « petite » en certaines circonstances, vis-à-vis de certains de ses proches. Comme si cela avait des bienfaits réconfortants et rassurants. *Quand on est « la petite » de quelqu'un, cela signifie qu'on prend encore un peu soin de vous, non ?*

Augusta prend une des lettres qu'elle déplie soigneusement, pour ne pas risquer d'abîmer le fragile morceau de papier. Elle se met à en lire des passages à voix haute, une pointe d'émotion trahie par sa voix légèrement tremblante :

Tu vois, même quand on essaie d'être léger, on a tendance à se focaliser sur le mauvais côté de la chose. Pourtant hier, un bonheur a illuminé tout notre foyer et mon cœur. Aujourd'hui, je suis heureuse de t'apprendre qu'Augusta a fait ses premiers pas.

Parce que la voix de sa belle-mère se brise sur la fin de la phrase, Camélia lui caresse le dos avant de poursuivre elle-même la lecture :

Quand je me suis retournée, je l'ai vue, debout, l'air instable mais bougrement fière d'elle. Elle a fait trois pas avant d'atterrir sur les fesses. Mais ce bébé du bonheur a de qui tenir : jamais elle n'abandonne. Elle a planté ses beaux yeux marine dans les miens avec un soupçon de défi, comme si elle me disait : « Cette fois, je ferai mieux. Et elle l'a fait. Quatre pas.

Une larme coule et roule sur la joue d'Augusta, entraînant un peu de poudre rose dans son sillage. Même Maëlle, dont le verbe haut n'a d'égal que son cœur d'artichaut, renifle.

— J'en ai marre de tout ce pollen ! se plaint-elle finalement quand Cami la regarde, balayant l'air de ses mains pour chasser la substance allergène… et imaginaire.

Qu'il a bon dos, le pollen !

—Et que lui a répondu Aela ? demande Augusta. Où se trouvent ses réponses ?

—Justement, c'est ce qui est étonnant, explique Camélia. Pour ce qui concerne les autres destinataires de ses lettres, nous avons ce qu'elle a envoyé – ou plutôt, ses brouillons – ainsi que les courriers qui lui ont été adressés.

—Mais on n'a pas encore trouvé ceux d'Aela, la coupe Maëlle.

—Vous avez cherché dans la cave ?

—Oui. Rien.

—Et le grenier ?

—Fouillé de fond en comble, sans rien donner non plus.

Augusta réfléchit : où sa mère aurait-elle pu cacher les lettres envoyées par Aela ? Et ce qui la taraude le plus : pour quelle raison ? Les a-t-elle dissimulées dans un recoin de la maison, sous un vieux plancher ? Les a-t-elle perdues ? Ont-elles été abîmées par des intempéries si elles n'étaient pas bien à l'abri dans le grenier qui prenait l'eau ? Ou les a-t-elles tout simplement jetées… ou brûlées ? Camélia et Maëlle doutent également.

—Peut-être que les réponses à toutes ces questions sont évidentes, avance Maëlle.

—Comment cela ?

—Peut-être que toutes les explications sont données dans les lettres. Après tout, nous n'en avons lu qu'une petite partie…

—Mais il y en a tellement, il nous faudra des semaines entières pour toutes les lire ! Sans compter qu'elles ne sont même pas rangées par ordre chronologique, se désole Cami.

—Peut-être même contiennent-elles des codes secrets ? suppute Maëlle qui ne démord pas de son idée d'espionnage à la sauce bretonne.

L'œillade noire que lui lance sa cousine coupe court à la verbalisation de son hypothèse auprès d'Augusta, perdue dans ses pensées.

—Je réfléchis… Qui pourrait nous aider ? Il faudrait que je voie du côté de mon père, de mon papa Faustin, précise-t-elle. Il était fils unique, mais il avait une petite cousine qui avait l'âge de ma mère et elles allaient prendre des cours de catéchisme ensemble. Sait-on jamais ?

Les pistes sont bien maigres. *En même temps, Anna est morte à un âge si avancé qu'elle doit être dans les dernières de sa génération – si ce n'est la dernière – à avoir quitté ce monde.* Difficile donc de trouver des personnes qui l'ont bien connue, mis à part ses propres descendants.

—Et la sœur d'Anna ? espère Camélia.

—Joséphine ? reprend Augusta. Quand elle habitait encore ici, elles n'étaient pas très proches, alors quand elle est partie…

Maëlle est ahurie : c'est la première fois qu'elle entend parler de la sœur d'Anna.

—Anna avait une sœur ?

—Oui, une grande sœur, lui répond Cami.

—Qu'est-il arrivé ?

—Comme très souvent, rien d'original : une femme rencontre un homme qui a des envies d'ailleurs et elle le suit au bout du monde…, explique Augusta. Ils sont partis s'installer en Argentine juste après leur mariage à Paris. Je peux compter sur les doigts d'une main le nombre de fois où j'ai rencontré ma tante. Ce que j'ai toujours trouvé étrange, c'est l'attachement qu'elles avaient l'une pour l'autre, sans pour autant être proches ou partager une solide amitié.

—Pourtant, sait-on jamais… ?

—Joséphine n'est pas devenue centenaire, se désole sa nièce. Elle est décédée il y a plus de vingt ans. Quant à mes cousins et cousines… Il faudrait lancer un généalogiste ou un détective à leur recherche, sans doute pour rien puisque ma mère et elle avaient une relation très… superficielle, au sens littéral.

—Pourquoi ?

—Aucune idée, avoue Augusta. Ce qui importe c'est qu'elle ignorait très certainement l'existence de cette Aela.

Maëlle et Camélia haussent les épaules en signe de reddition. À quoi s'attendaient-elles ? Partir à la recherche d'une femme née il y a près d'un siècle, quand on a en sa possession un unique prénom et que toutes les personnes qui auraient pu vous aider sont décédées, était voué à toutes les difficultés.

Loïc, progressant à quatre pattes et accompagné des « Hue, dada ! » d'Anna, Aela et Eliaz assis sur son dos, signe la fin de la séance de recherches pour Augusta :

—Bon, les filles, on va vous laisser avant que nous ne soyons obligés de rester ici parce que le lumbago de mon mari se sera déclaré une nouvelle fois.

Camélia raccompagne ses beaux-parents jusqu'à leur voiture. Le vent se lève et emporte les feuilles les plus faibles, celles qui ne peuvent attendre l'automne avant de quitter leur perchoir verdoyant, sur lequel elles étaient accrochées.

Si les femmes traînent à l'arrière, Loïc arrive le premier et ouvre grand les portières afin que la brise débarrasse l'habitacle de l'air étouffant accumulé en cette fin d'après-midi de juillet. L'odeur, fraîche et puissante, de la pelouse tout juste coupée a envahi les extérieurs. Non seulement Camélia se réjouit du spectacle de sa propriété correctement entretenue, mais elle savoure les notes aromatiques dégagées par les brins d'herbe tondue…

—Sais-tu enfin quand rentre mon garçon ?

—Non, toujours pas, déclare tristement Camélia. Le week-end dernier, pour la deuxième fois, il devait revenir à la maison et il en a été empêché…

Augusta s'arrête de marcher quelques mètres avant d'être parvenue à la voiture et baisse d'un ton, afin que seule Camélia puisse l'entendre :

—Arthur m'a dit que tu n'allais pas très fort en ce moment… Tu sais, c'est fréquent ce genre de chose. Les femmes ont tendance à l'occulter pour ne pas paraître faibles. Pourtant, tôt ou tard, nous ressentons toutes cette fatigue et cette lassitude. Ce n'est pas normal, mais c'est malheureusement habituel…

Camélia se tait, visiblement gênée que cette défaillance, cette faiblesse, ne soit pas restée dans le giron de son seul foyer.

—Tu n'as pas de honte à l'éprouver, la rassure pourtant sa belle-mère. Moi aussi, j'ai souvent eu ce genre d'épuisement, à tel point que cela me faisait étouffer. Arthur ne le sait pas, mais plus d'une fois, j'ai fait mes valises et claqué la porte.

Comment cela ? Sa belle-mère, la distinguée et raisonnable Augusta Le Bihan, la femme qui portait toujours un collier de perles et affichait un brushing impeccable, celle-là même qui avait sans cesse l'air de savoir parfaitement maîtriser ses sentiments, avait fui le foyer familial ? Qui l'aurait cru ?

—Et où partiez-vous ? demande Camélia, visiblement intriguée.

—Nulle part. Le temps de parvenir à ma voiture, ou d'arriver près du passage à niveau près de chez nous, je faisais déjà demi-tour.

—Et Loïc ?

—La première fois, il a angoissé. La deuxième, il s'est agacé. Et après, il ne faisait même plus attention. Un jour, je l'ai retrouvé sur le canapé, affalé devant un match de rugby, et je lui ai signalé que finalement, je restais. Vous savez ce qu'il m'a répondu ? « Ah bon, parce que tu étais encore partie ? » Et je ne compte pas le nombre de fois où, alors qu'il se rendait au garage, il est passé juste à côté des poubelles à vider sans que l'idée ne lui vienne de les emporter en même temps…

Augusta secoue la tête en signe de désapprobation.

—Quoi qu'il en soit, si tu as besoin de nous, pour quoi que ce soit, tu n'hésites pas. Pour les enfants, pour la maison. Ou tout simplement pour t'octroyer un peu de temps rien qu'à toi.

—Je vous remercie, formule Camélia en étreignant sa belle-mère. Pour l'instant, ça va. Mon programme professionnel s'est largement allégé durant l'été. Et sinon, Maëlle est là pour m'aider.

Sa belle-mère lui lance un regard en coin avant de la taquiner :

—Ah bon ? Ta cousine est une aide précieuse ?

—Non, pas vraiment, concède Camélia dans un sourire. Mais au moins, cela me fait une compagnie.

Le véhicule bleu s'élance sur l'allée de tilleuls au moment même où un grand éclair zèbre le ciel, juste au-dessus de la baie. Dans le ciel couleur plomb, la foudre d'un blanc aveuglant donne l'impression de déchirer la voûte en deux, tandis que le souffle redouble d'intensité, pour mieux accompagner le grondement sourd au lointain. Les brindilles fendent l'air, les feuillages s'agitent en tous sens et les oiseaux ont du mal à voler jusqu'à l'abri de leur nid, certains faisant du surplace, d'autres étant contraints d'emprunter un autre courant d'air. Les volets claquant au vent tirent Camélia de sa torpeur, spectatrice envoûtée par le déchaînement des éléments naturels. *Vite, je dois me dépêcher de rentrer si je ne veux pas que la foudre me tombe sur la tête et que je finisse par devenir une sérieuse concurrente d'ébouriffage capillaire face à Maëlle.*

Le 14 décembre 1942,
Ma chère Aela,
Dieu m'est témoin que je ne suis pas du genre à me plaindre, mais je vis l'hiver dans le nord de l'Écosse comme une véritable épreuve. Dès la fin mars enfin, le printemps enverra des messages bienvenus sur la lande pour nous apprendre qu'il sera bientôt là... En attendant, le temps est gris et brumeux en bord de mer. Et il fait si froid... Faustin se moque de moi parce que j'ai pris l'habitude d'empiler les couches de vêtements les unes par-dessus les autres. L'autre jour, j'ai glissé une veste sous mon manteau. Autant te dire que cela ne servit à rien : l'humidité mêlée aux températures glaciales est parvenue à traverser les différents tissus, jusqu'à me glacer les os.
Je ne sais pas si l'information t'est parvenue, mais nous avons enfin trouvé une maison dans laquelle nous installer et nous avons pu quitter la demeure de tantine. Crois-moi, même si la pauvre femme répète que ce n'était pas nécessaire, elle doit être soulagée ! Bien que ma petite Augusta soit une enfant très douce, il lui arrive de pleu-

rer plus que de raison certaines nuits, et cela mettait les nerfs à vif de tante Emma. De plus, il est agréable de construire son foyer, comme un oiseau construit son nid. Nos parents voulaient nous aider à trouver une coquette maison, avec tout le confort nécessaire pour élever convenablement une enfant, ainsi qu'une petite bonne et une nourrice. Faustin et moi avons refusé : nous ne dépenserons que l'argent qui nous appartient. Lui, pour prouver qu'il n'a besoin de personne pour prendre soin de sa famille. Moi, parce que je refuse l'idée de dépendre de qui que ce soit. Et je souhaite ne pas changer d'avis lorsque les maigres revenus que j'ai pu économiser en tant qu'infirmière auront fondu...

Quoi qu'il en soit, notre demeure est assez mignonne. J'espère qu'un jour, tu t'inviteras pour la découvrir. Nous n'avons qu'une pièce qui sert à la fois de salon et de cuisine, ainsi qu'une toute petite chambre. L'ensemble est plutôt agréable à la vue... et moins au confort. Il y a deux semaines, j'ai entrepris de refaire le mastic de toutes les fenêtres. Je me demandais comment les carreaux pouvaient encore tenir tellement le pourtour était abîmé. Je ne me le demande plus : l'un d'eux est tombé et s'est brisé alors que je m'approchais pour rafistoler la fenêtre. J'ai glissé un bout de carton et Faustin a réparé le tout quand il est rentré de mission, la semaine suivante. En attendant, j'ai prié et j'ai bourré le poêle à ras-bord de bois.

Tu vois, même quand on essaie d'être léger, on a tendance à se focaliser sur le mauvais côté des choses... Pourtant hier, un bonheur a illuminé tout notre foyer et mon cœur. C'était une chose nécessaire puisqu'en ces temps troublés, au milieu des horreurs de la guerre, on a tendance à ne voir que la noirceur du monde, en laissant de côté les petits présents qui pourraient nous aider à ne pas sombrer. Aujourd'hui, je suis heureuse de t'apprendre qu'Augusta a fait ses premiers pas. Dans notre maisonnette, je faisais chauffer de l'eau tandis que mon bébé était assis sur la couverture près du poêle. Quand je me suis retournée, je l'ai vue, debout, l'air instable mais bougrement fière d'elle. Elle a fait trois pas avant d'atterrir sur les fesses. Mais ce bébé du bonheur a de qui tenir : jamais elle n'abandonne. Elle a planté ses beaux yeux marine dans les miens avec un soupçon de défi, comme si elle me disait : « Cette fois, je ferai mieux. » Et elle l'a fait. Quatre pas.

J'entends Augusta pleurer, aussi, je dois terminer cette lettre.

Je te laisse avec mille baisers sans jamais te dire adieu,

À jamais à toi,
À jamais en moi,
Ta petite Anna

17

Parce que sa séance d'ostéopathie s'est éternisée, Camélia aimerait rouler à vive allure sur le bord de mer, mais les touristes en nombre l'en empêchent. *Je déteste être en retard et voilà qu'en ce moment, je n'arrête pas !* Quand elle tourne et s'engouffre enfin dans son chemin privé, elle conduit la Fiat comme une voiture de rallye, ses roues traçant de longues marques dans les gravillons, avant d'arrêter sa course dans un dérapage (un peu) contrôlé, au milieu de trois autres automobiles. *Pourquoi avoir accepté que le mariage du frère d'Arthur se déroule chez nous, aussi ? Ah oui, parce qu'Erwan est gentil et que fêter des événements dans la maison de famille est devenu une tradition...*

Elle se hâte tant qu'elle ne referme pas sa portière avant de faire les quelques pas qui la séparent de chez elle. Mais Camélia ne s'en rend compte qu'une fois arrivée en haut des escaliers du porche, ce qui l'oblige à redescendre, fermer sa voiture correctement, avant de refaire demi-tour pour rentrer. Fort heureusement, Arthur est enfin venu passer quelques jours auprès des siens. *Au moins, il a pu inviter à entrer la délégation du futur mariage, en attendant que je revienne. Combien sont-ils ?* La réponse lui est apportée très rapidement quand elle passe la tête dans la grande pièce de vie. Pour commencer, il n'y a que des femmes au milieu desquelles Arthur et Erwan font figure d'exception. *Je vois que certains ne veulent pas se mouiller... Merci Loïc et merci le père de la future mariée !* Camélia les imagine facilement, dégustant un petit galopin ou une bière, confortablement installés dans des fauteuils de jardin, se félicitant de ne pas avoir voulu prendre part aux derniers préparatifs.

Camélia dit bonjour à Augusta, bien évidemment, donne un baiser à Arthur, enlace ensuite Gwenaëlle – la sœur de son mari et d'Erwan –, puis le futur marié lui-même, avant de saluer « la promise », Laurine, sa sœur, Élodie, et enfin leur mère, Frédérique.

— Pourrions-nous faire un petit tour de la propriété, avant de nous décider ? demande cette dernière.

— Très bonne idée ! s'enthousiasme Camélia, pour qui ce genre de réunion au sommet fait office de corvée.

Minute, que signifie « avant de nous décider » ? Et, à peine installée dans les coussins moelleux, Camélia quitte son siège pour faire visiter le jardin.

Durant ce qui semble une éternité, toute la troupe suit Augusta et Frédérique au travers du parc. Elles passent d'un arbre à un bosquet, puis à un muret, avant de revenir au centre de la pelouse, l'une voulant tout changer, l'autre trouvant le cadre parfait tel qu'il est. Camélia observe Augusta : bien que polie, elle sent le rouge lui monter de plus en plus aux joues, ne supportant pas qu'une « étrangère » ose critiquer et s'en prendre ainsi à la propriété familiale.

—Quant au verger…, avance Frédérique.

—Il est absolument magnifique tel quel, la coupe instantanément Augusta. On ne pourrait rêver mieux, décrète-t-elle fièrement.

—Oui, certainement. Je pense néanmoins qu'il aurait été plus à sa place de l'autre côté du parc.

—Vous voulez que l'on déterre de vieux arbres fruitiers ?

—Oui, insiste Frédérique, sûre d'elle.

—Le verger reste là où il est, martèle Augusta.

—Bon, très bien. Pour les hortensias en revanche, je ne céderai pas.

Le dialogue de sourds parvient aux plus jeunes de façon lointaine. Laurine raconte à Camélia sa rencontre avec Erwan, Élodie et Gwenaëlle discutent des effets de la parentalité bienveillante sur l'éducation des jeunes enfants. Largement en retrait, Arthur et Erwan plaisantent en narrant les approximations de l'adaptation d'un énième *comic* en film.

Lorsqu'enfin ils peuvent regagner la fraîcheur relative du salon et profiter d'un bon verre de cidre, Camélia avise le plan du parc tracé par Frédérique dans un petit carnet rose. Tout y est scrupuleusement noté : les dimensions, l'orientation, le nom des arbres et des fleurs et leur position… Ce genre de considérations l'agace quelque peu : tout comme sa belle-mère, elle trouve l'endroit ravissant, bien entretenu, avec le charme et le cachet de l'ancien. *D'autant qu'investir le lieu est totalement gratuit…* Anna aurait tant aimé voir un autre de ses petits-enfants se marier sur cette propriété chérie.

*

Quand la discussion est devenue une passe d'armes entre les belles-mères, Arthur et Gwenaëlle sont partis s'occuper des enfants, officiellement par crainte que Barnabaz n'apprenne à ses petites cousines comment faire davantage de bêtises. Erwan, Laurine, Élodie et Camélia se sont assoupies depuis un moment déjà, les yeux grands ouverts, mais l'esprit loin…

—Il faudrait également défricher le coin des rhododendrons.

« Le coin des rhododendrons » ? Le sang de Camélia ne fait qu'un tour, la tirant instantanément de sa sieste éclair :

—Pas question ! C'est une prairie fleurie pour les abeilles de M. Gueguen. Je ne vais pas couper toutes ces fleurs des champs.

—D'autant que l'ensemble est très joli, abonde en son sens Augusta.

—Et que les fleurs mellifères sont très utiles, qui plus est, tempère calmement Laurine.

—Eh bien, si tu t'y mets aussi. Je te signale que je fais ça pour toi, mais si cela ne te gêne pas de te marier chez les va-nu-pieds, grand bien te fasse, s'agace Frédérique de la réaction de sa propre fille.

« Va-nu-pieds » ? À voir la tête d'Augusta, elle doit apprécier... En plus, j'aurais bien voulu la voir venir faucher mes coquelicots et mes bleuets... Non, mais.

La séance touche bientôt à sa fin. Après tout, quel sujet reste-t-il encore à aborder quand tous ont déjà été soulevés ?

—Nous n'avons plus qu'un point à négocier : les roses.

Camélia écoute attentivement. Enfin un sujet qui l'intéresse un tant soit peu. En tout cas, plus que les dragées et le matériau à choisir pour la piste de danse (pelouse, parquet, ou parquet recouvert d'un revêtement pour la danse). Vont-ils parler décoration de la mairie ? des bancs de l'église ? des tables ? ou tout simplement du bouquet de la mariée ? La future belle-mère d'Erwan se tourne vers elle :

—Que préconisez-vous ?

—Comment cela ? demande Camélia qui ne saisit pas le sens de la question.

—Pour les roses de votre jardin.

Si cela semble évident pour quelqu'un, qu'il n'hésite pas à me venir en aide. Pourtant, un rapide regard alentour lui fait comprendre que la mère de la mariée est la seule pour qui son propre propos va de soi.

—Euh… rien. Elles sont très belles, s'esclaffe Camélia qui pense à une blague.

—Oui, bien entendu. Mais elles sentent trop fort.

Augusta fronce les sourcils, tandis que Gwenaëlle – momentanément de retour avec son frère – les hausse et qu'Arthur pince son nez, sentant certainement que Frédérique avance en terrain miné.

—Vous voulez sûrement dire qu'elles sentent très bon, tente de la corriger Camélia.

—Oui, si on veut. Mais de façon trop prononcée.

Comment peut-on se plaindre d'une odeur naturelle et délicieuse ? Il est pourtant agréable de marcher dans un jardin et d'être régulièrement accompagné par le parfum des fleurs ou des fruits, différent à chaque pas, selon les espèces que l'on rencontre.

Camélia est tellement désarçonnée qu'elle ne pense même pas à s'offusquer de ce commentaire. *Augusta... au secours !* Sa belle-mère comprend son émoi et prend la parole d'un ton ironique :

—Que préconisez-vous ? Qu'on les vaporise avec du désodorisant pour le linge ?

—Bien sûr que non..., commence Frédérique, en affichant un petit sourire en coin.

Elle prend son temps, agrippe son verre qu'elle porte avec une infinie délicatesse à ses lèvres avant d'en boire une petite gorgée, presque ridicule, puis le repose en continuant :

—Mieux vaut les couper, lâche-t-elle, fière d'elle et de son petit effet.

—Comment cela ? Vous préférez voir des rosiers sans roses ? Mais... ce ne seront que des buissons feuillus et épineux, commente Camélia, choquée.

—Oui. Et nous les décorerons ensuite. À moins que vous ne préfériez carrément qu'on les enlève..., propose la mère de Laurine.

—Qu'on les enlève ?

—Oui.

—Qu'on déplante mes beaux rosiers ?

—Oui.

—Qu'on tue de magnifiques pieds plantés du temps où la grand-mère d'Arthur était encore une jeune fille ?

Frédérique roule des yeux :

—Ne soyez pas si mélodramatique : vous n'êtes pas obligée de les tuer. Vous n'avez qu'à les planter ailleurs ou les entreposer autre part durant le week-end du mariage.

Camélia reste sans voix devant tant d'audace. Heureusement pour elle, Augusta veille farouchement au respect de la propriété familiale :

—Quel toupet ! Mon fils et sa femme ont la gentillesse de recevoir le mariage chez eux sans rien vous demander. En plus de cela, ils proposent leur aide. Et vous souhaitez qu'ils remodèlent les espaces fleuris selon vos désirs ? Je refuse qu'on touche aux rosiers et aux roses !

Augusta se lève d'un bond, l'air menaçant et des trémolos dans la voix :

—Et si je dois les veiller jour et nuit avec une fourche, je le ferai ! Et je chargerai quiconque s'en approchera !

Camélia opine du chef à chaque phrase de sa belle-mère. *Qui se frotte à une Augusta... Il va sans dire que je préférerais quand même éviter d'en passer par la case « Veillée auprès des rosiers »...*

Frédérique demeure coite, Élodie mord l'intérieur de ses joues pour se retenir de rire, Erwan regarde ses pieds avec une soudaine envie d'être partout ailleurs qu'ici, et Laurine – dont la tête s'enfonce dans ses épaules rétrécies à mesure que son cou disparaît – prend des airs de tortue en bord de route. *La pauvre ! Comme elle doit se sentir mal à l'aise...*

—Échec et mat, glisse Augusta à l'oreille de Camélia une heure plus tard quand elle quitte la propriété.

Et l'autre lui répond d'un clignement d'œil reconnaissant.

Le 22 avril 1954,
Ma chère Aela,
Je prends mon crayon pour partager avec toi l'une de mes dernières frasques qui te fera sûrement rire. Enfin, je l'espère, plus que Faustin...
Mon amie Kitty, l'Écossaise avec qui j'étais infirmière pendant la guerre, est venue nous rendre visite durant les congés de Pâques. En moins de dix ans, elle n'a presque pas changé, mis à part ses cheveux roux qu'elle coiffe différemment et ses taches de rousseur, que je jurerais s'être multipliées. Elle a essayé de parler plusieurs fois en français, pour me montrer qu'elle se rappelle les cours que je lui ai donnés. Faustin n'a rien saisi mais les enfants ont bien ri ! Jean parle désormais en « bla-bla-bla », tandis qu'Augusta et Victor ont entrepris de créer leur propre langage, auquel personne ne comprend rien (même eux, et de cela, je suis persuadée). Quant à moi, j'ai hoché poliment la tête en reprenant la conversation en anglais. Elle n'a pas été dupe et a ri bruyamment, de son gros rire chaud qui vient du cœur ; je l'ai suivie sans me faire prier.

Augusta a souhaité lui poser des questions sur la guerre, elle a préféré détourner la conversation sur un autre sujet, et je n'ai pas eu le cœur de l'interroger sur son fiancé d'alors. Que s'est-il passé entre eux ? Je préfère qu'elle m'en parle d'elle-même, si elle le souhaite.

Avant-hier, Kitty m'a enfin dévoilé le véritable objet de sa visite. Plus que prendre des vacances au bord de l'Atlantique, elle veut m'embarquer dans un de ses projets... En effet, Kitty revient du Kenya où elle officiait dans un petit dispensaire. Elle compte y retourner très prochainement, avec davantage de matériel médical, ainsi qu'une nouvelle façon de rendre la médecine accessible... en créant une unité mobile. Ou plutôt, une unité volante. Comme je connais les actes médicaux de base, elle voudrait me voir intégrer ce projet exceptionnel et que je la suive au Kenya. Un philanthrope américain (que Kitty couvre d'éloges...) lui a déjà promis de lui convoyer un zinc en excellent état. Un Stearman PT17, comme ceux qu'on voyait voler au-dessus de nos têtes durant la guerre. Et elle m'a demandé également de passer... mon brevet, puisqu'elle compte sur moi pour piloter le biplan ! (Kitty, sujette au vertige, restera au dispensaire pendant que j'irai faire les visites en avion, parfois accompagnée d'un médecin.)

Bien entendu, je sais par avance que Faustin ne quittera plus jamais sa pointe de Bretagne. Et je

ne peux pas le lui demander. Mais j'ai pensé que je pouvais faire des allers-retours en Afrique de l'Est, pour des missions sporadiques.
Hier soir, avant de nous coucher, j'ai donc expliqué à Faustin que j'allais prendre mon premier cours en vue de devenir aviatrice. Pour lui, ancien pilote de guerre, je suis irresponsable et je n'ai aucune conscience des risques que je cours. Il m'a demandé si je me voyais réparer un avion en pleine brousse, perdue au milieu de nulle part ? Ou que ferais-je si le moteur se coupait en plein vol ? J'ai répondu que je prierais ; cela ne l'a pas fait rire.
Donc, de bonne heure, Kitty et moi sommes parties tantôt pour que je prenne mon premier cours de pilotage. Kitty restée à proximité du hangar, je m'apprêtais à boucler ma ceinture, sagement assise derrière le moniteur. Et je les ai vus. Mon mari accompagné de nos trois enfants, tous debout en bord de la piste, sans prononcer un mot. Déjà installée dans l'avion, je n'ai pourtant pas eu le cœur de les laisser tandis que le zinc s'envolerait dans les airs. Et cela, Faustin le savait très bien, le fieffé chameau ! Je lui en ai un peu voulu, au début. Puis il m'a confié sa peur de devoir élever les enfants sans moi, et sa crainte de ne plus passer un seul jour ensemble, s'il m'arrivait quelque chose. « Car, m'a-t-il dit, quand on perd son âme sœur, on ne vit plus qu'avec une toute petite moitié de soi. » Et j'ai compris...

De toute façon, il m'a certifié qu'une fois que les enfants seraient devenus adultes, je pourrais de nouveau faire tout ce qui me chante. J'ai appris que des scientifiques étudiaient comment faire pour aller sur le satellite naturel de la Terre. D'ici que les enfants soient grands, cela sera fait depuis belle lurette, dans ce monde qui va si vite. J'ai donc demandé à mon mari un tour sur la Lune. Il m'en a promis deux.

Je te laisse avec mille baisers sans jamais te dire adieu,

À jamais à toi,

À jamais en moi,

Ta petite Anna

18

Camélia s'en veut de ne toujours pas avoir déterminé la formulation de cette fragrance qui lui revient régulièrement. Elle peste aussi après elle-même, qui a osé demander à son mari de garder leurs filles durant ce premier grand retour d'Arthur à la maison, même si elle va enfin pouvoir profiter de lui durant plusieurs jours. *Tant que je n'aurai pas la formule couchée sur papier, je serai obsédée par cette odeur. Je suis impossible !*

Ce matin, les choses devaient se dérouler le plus simplement du monde : une matinée tout en langueur, à traîner en pyjama, jouer avec les filles dehors, ou encore partir faire un tour à vélo sur les chemins de campagne ou sur ceux longeant le littoral. Pour une fois, les quatre auraient même pu faire un pique-nique, la famille d'Arthur ayant décidé de ne pas venir déjeuner à la propriété, afin de les laisser profiter les uns des autres.

Pourtant pleine de bonne volonté – puisque ce programme en famille la tentait plus que tout –, Camélia n'avait pu se résoudre à faire la sourde oreille – ou plutôt le nez bouché – à ce parfum, encore, qui était venu s'immiscer dans sa chambre jusqu'à la réveiller.

Elle avait essayé de le balayer en fendant l'air de ses mains, ce qui avait provoqué l'hilarité d'Arthur qui lui avait demandé si elle rêvait de mouches. Puis, sous sa douche, ces mêmes effluves étaient revenus de façon si intense que Camélia avait même reniflé son savon de Marseille, histoire de vérifier qu'il n'était pas fautif. Non. Rien. Dans le couloir qui la menait à la chambre d'Aela et Anna, une bourrasque de rose et de lys mêlés s'était emparée d'elle, comme si elle s'était d'un coup retrouvée au milieu d'un cocon parfumé et transparent. Elle avait vérifié sans pouvoir s'expliquer la venue de ce courant d'air olfactif : toutes les fenêtres étaient fermées. La conclusion était sans appel : elle devenait tellement obsédée par cette odeur que son esprit lui jouait désormais des tours. À moins qu'il n'agisse pour son bien, la forçant à recréer ce qui sera peut-être le futur parfum plébiscité par des millions de femmes à travers le monde ? Elle se dit qu'après tout, être sourde ne change rien, autant tenter le coup. Et cette aspiration professionnelle lui plaît…

Avant dix heures, elle soulève le loquet du portillon, gagne son atelier et, pour ne pas perdre un instant, s'installe immédiatement à sa table de travail. Elle récupère ses premières ébauches sur les notes qui composent le parfum – de celles-là, au moins, elle est sûre – et les pose devant elle, prête à en découdre avec cette fragrance obsédante.

Vingt minutes passent sans que l'inspiration ne vienne la visiter. *Bon, reprenons depuis le début. Le parfum s'ouvre en tête sur des accords de jasmin, de freesia et de bourgeons de cassis. En notes de fond, du lys et de la rose. Peut-être pourrais-je même améliorer la formule en ajoutant un soupçon de santal, mais je verrai ça plus tard... Ce qui pose problème, ce sont les notes de cœur. De la glycine... et quoi d'autre ?* En plus du nom des différentes senteurs, elle a également trouvé les bonnes proportions. *Plus qu'un élément, allez !* La tête entre les mains, il en faudrait peu à Camélia pour commencer à s'arracher les cheveux.

Elle lève les yeux sur le petit jardin auquel elle a redonné vie quatre ans plus tôt, clos de murs et d'un vieux portail en bois. On ne peut en profiter qu'en connaissant son emplacement, à l'arrière du parc. Sans être sale ou à l'abandon, son état actuel ne satisfait pas pour autant la jeune parfumeuse qui aime les choses bien ordonnées. *Mon pauvre... Je ne me suis pas occupée de toi depuis un bon moment. Foutu pour foutu, mieux vaut au moins employer mon temps utilement. En plus, qui sait, peut-être que mon jardin m'aidera à créer ?*

Elle laisse tout en plan sur son bureau et part directement dans la remise, rapportant sa serfouette à fleurs, un sécateur, un balai en paille de riz et un grand sac pour les déchets verts.

Comme elle a opté pour un style de jardin anglais, où toutes les variétés de fleurs et d'arbustes sont entremêlées les unes aux autres, l'espace où pousser est restreint pour les mauvaises herbes et la lutte contre les adventices est quasiment – et facilement – gagnée par avance. Camélia arrache le chiendent qui pousse entre ses vivaces basses, et fait de même pour les pissenlits qu'elle met ensuite de côté, se promettant d'emmener plus tard ses filles les donner à manger aux lapins de M. Gueguen. Elle détricote les liserons qui s'étendent comme des toiles d'araignée entre les tiges grimpantes des rosiers, ces magnifiques rosiers anciens qui reposent sur le fer forgé des tonnelles et s'épanouissent au-dessus du chemin qu'ils abritent. Des roses polyantha, pour la plupart, différentes des fleurs des autres rosiers en buisson que l'horrible Frédérique voulait voir massacrés. Deux ou trois coups de serfouette côté fourche et elle dit au revoir à l'oxalis qui s'était infiltrée dans les gauras rose et blanc, au mouron des oiseaux qui tentait un rapprochement avec ses anémones du Japon, et enfin un adieu sans cérémonie au galinsoga cilié qui commençait à percer entre les agapanthes et la sauge des bois. *Les nématodes, partez vous trouver un autre abri ailleurs qu'ici !*

Ne s'étant plus souciée de l'avancée des aiguilles sur le cadran de sa montre, bercée par l'air doux et le chant des oiseaux, Camélia se dit qu'il est maintenant le moment d'en profiter un peu. Se déchaussant pour apprécier la fraîcheur des pierres sous ses pieds, elle passe plusieurs fois ses orteils sur une des dalles, assez usée par endroits pour en être devenue douce. Elle est fière de la besogne accomplie dans son petit coin de paradis. *Au moins, je me débrouille mieux au jardin qu'à l'atelier...* Que faire ? Rentrer chez elle et avouer – encore une fois – son échec ? Se remettre à sa table devant les rangées de senteurs, au risque de se heurter à un nouveau revers ?

Camélia s'allonge sur l'allée qui serpente entre les buissons de fleurs et essaie de vivre pleinement le moment présent. Comme à chaque fois qu'elle en vient à pousser le vieux portillon, elle se retrouve happée dans un lieu enchanteur. Le soleil joue avec les feuilles et les branchages, projetant des taches de lumière mouvantes sur la végétation basse. Et les fleurs violettes du bougainvillier dansent dans l'air, opérant un balai avec des abeilles et quelques papillons. Les géraniums exhalent une odeur citronnée, et des houttuynias au feuillage panaché, une senteur poivrée, qui se glissent toutes deux jusqu'à elle, dans un savoureux mélange.

Il n'est pas possible de rêver d'un parfum, encore et encore, sans réussir à le réaliser. Si j'étais architecte ou agricultrice... Mais là, tout de même, c'est mon métier !

Toujours étendue sur les dalles en pierre, elle est soudainement tirée de ses songes lorsqu'elle détourne les yeux de la pointe des arbres et braque son regard sur les plantes qui caressent ses cheveux dénoués, par à-coups. Camélia vient enfin d'entrevoir ce qui manque à la fragrance qu'elle a en tête, sans parvenir à la reproduire. Le petit coup de pouce du destin a pris la forme de campanules, ou plutôt, de leurs clochettes…

— Du muguet, souffle-t-elle au papillon qui vient de se poser sur son genou. Une pointe. Juste assez pour réveiller le jus et donner envie à celle qui le porte de danser. Pas trop pour ne pas étouffer les autres fleurs…

Aussitôt, Camélia fonce à sa table et travaille à cette nouvelle idée. Quand tous les éléments sont mariés dans le petit flacon, elle dépose le parfum sur une languette avec une pointe d'appréhension. Elle porte le morceau de papier sous ses narines, en faisant attention à ne pas les toucher, et inspire une grande bouffée.

—Enfin…, s'enthousiasme-t-elle, les paupières mi-closes.

*

Dans sa voiture, Maëlle hurle à pleins poumons, sa façon à elle de chanter. Garé le long du trottoir, son break est perdu au milieu d'une longue rangée d'autres véhicules attendant patiemment que leurs propriétaires les récupèrent plus tard, dans quelques heures, en fin de journée, comme des enfants qu'on viendrait chercher à l'école. Seule la musique qui perce au travers de la vieille carlingue de sa voiture insuffle un peu de vie dans ce quartier perdu et morne. Même la présence du soleil qui pointe par-delà les toits n'y change rien. La rue est grise, comme la mine des employés qui vont et viennent, imperturbables, dans les cubes de béton.

L'appréhension, un sentiment que ne connaît Maëlle que depuis récemment. Elle s'égosille de plus belle, afin de faire taire cette petite voix qui grandit en elle, qui la pousse à faire n'importe quoi. Surtout, elle veut la réduire au silence pour redevenir la Maëlle d'avant, celle qui aimait travailler, qui se rendait avec plaisir sur son lieu de travail, qui appréciait les discussions entre collègues et patrons, même les plus animées. Aujourd'hui, elle a l'impression de n'être plus que l'ombre d'elle-même, une toute petite Maëlle qui pense qu'il vaut mieux raser les murs, acquiescer, ne pas contrarier. Elle sait ce qu'elle a à perdre si jamais le plafond de verre explose, si la Maëlle des grands jours sort enfin de son sommeil. Peut-elle se le permettre ? Ses vacances ont pris fin et, avec elles, sa pétulance et son dynamisme. Même ses cheveux orange paraissent bien fades… Elle pense avec regret à ces quelques semaines qui viennent de s'achever, aux moments en compagnie de sa cousine, entre rires et papotages légers, à la mystérieuse enquête au sujet des lettres qui les maintient toujours en haleine, aux châteaux de sable construits avec Eliaz sur la plage, aux câlins avec Soizic sous le grand cèdre, à sa peau contre la sienne. Aux petits plats de Camélia qui a retrouvé l'envie de cuisiner et aux feuilles de vigne qu'elle sait si bien préparer, aux grains de sable qui sèchent sur la peau et que l'on retrouve ensuite dans les draps du lit, aux bouées et autres jouets gonflables qu'elle s'embêtait à emporter en bord de mer en râlant pour ne même pas s'en servir en définitive, et faire de même jour après jour, inlassablement. À l'odeur des freesias qui explosait les rares fois où elle s'était proposée de les arroser, à la tombée de la nuit, lorsque les chouettes sortaient enfin. *Heureusement que j'ai récupéré mon Andrew…* Son mari est rentré deux jours plus tôt de Nouvelle-Zélande et elle a abandonné Camélia au pied levé, trop pressée de passer chercher à l'aéroport son barman chéri. *De toute façon, mes congés étaient terminés...*

La voix de George Michael explose dans les vieux haut-parleurs. Après un nouveau couplet en compagnie de Wham au son de *Wake Me up before You Go-Go*, Maëlle coupe le contact, retire la clé, prend son sac resté sur la banquette arrière et sort de sa voiture. *Désolée George, je te laisse finir la chanson tout seul.*

Face à la grande façade récente, Maëlle sent le nœud qu'elle a dans le ventre se réveiller, refaire surface. Elle avait pris la décision qu'elle jugeait la plus responsable pour avoir plus de temps à passer auprès des siens. Et qu'elle la regrette en ce jour !... Elle avait connu un inversement proportionnel entre son temps libre et sa sérénité, l'un augmentant au détriment de l'autre. Avant, une petite marche, voire quelques coups de pédale de vélo, et elle se trouvait au pied du vieux bâtiment en pierres grises et aux huisseries bleues. Avant, de son domicile à son travail, elle ne quittait pas les bords de quai de l'Odet. Avant... elle aimait ce qu'elle faisait et elle ne doutait pas de ses capacités. Personne n'aurait même jamais osé émettre ce genre de présomption. La Maëlle du présent laisse l'ancienne dans l'habitacle de la Volvo, afin d'être sûre qu'elle ne fera pas des siennes, qu'elle ne lui attirera pas trop de problèmes... *Go-go, Maëlle ! Tu peux le faire !*

Quand elle entre dans les locaux, elle essaie d'adopter une respiration consciente et profonde, la même que celle dont elle a parlé dans un article sur les tendances bien-être. Le son de ses tennis, ce couinement caractéristique du caoutchouc sur certains sols, dévoile sa présence aux oreilles de la rédaction. Ses jeunes collègues, tous penchés au-dessus du même ordinateur – *Certainement pour voir la dernière vidéo de chiots « trop mignons ! »* –, quittent l'attroupement formé autour de l'écran pour l'embrasser et lui demander si ses vacances se sont bien déroulées. Elle ne compte plus le nombre de fois où elle entend « Trop content(e) de te revoir ! » ou « T'es vachement bronzée ! » dans la salle de rédaction. L'*open-space* fourmille de jeunes rédacteurs sous-payés dans la vingtaine, pour qui elle fait office de vétéran, de modèle… voire de maman, ce qui a le don de l'énerver. Comme cette fois où Anthony lui a demandé s'il pouvait manger le yaourt qui traînait dans le frigo, bien qu'il soit périmé depuis deux jours. Quand il avait commencé à lui expliquer ses quelques fragilités digestives, Maëlle avait hurlé.

L'autre n'est pas là. Pas besoin de demander, l'atmosphère serait moins détendue s'il était déjà arrivé, insufflant la terreur dans l'équipe. Maëlle s'installe derrière son bureau croulant sous les papiers, les magazines, les rapports… et quelques objets personnels également : un ensemble de pots à crayons réalisé dans de vieilles cannettes de soda, un cactus dans un petit pot en terre cuite peinte, un dentier en plastique de farces et attrapes qui avance quand on le remonte, et des photos d'elle et d'Andrew, des enfants, de son frère et de la ferme qu'il vient d'acquérir dans les Ardennes, et encore une autre d'Andrew tenant Eliaz qui enlace Soizic dans ses bras, le jour de sa naissance.

L'accalmie est de courte durée. À neuf heures trente exactement, Christophe Boisseau débarque. Un mètre soixante-dix, jeans trop slim pour ses fesses plates, tee-shirt trop moulant pour un sexagénaire bedonnant. Sans dire bonjour, l'embourbé de la caboche pointe son index sur les membres de son personnel qu'il souhaite voir en priorité – c'est-à-dire tous, sans exception – avant d'indiquer, là encore avec son doigt, la salle de réunion vitrée. Tous les rédacteurs le suivent, en traînant des pieds, certains se laissant doubler dans l'unique but d'éviter de prendre place parmi les premiers, au plus près du patron dont tout le monde se méfie. Pour simplifier, tous les petits jeunes font exprès de ralentir jusqu'à ce que Maëlle se retrouve en pole position dans l'attroupement. Et, comme à l'accoutumée, elle finit par occuper le siège redouté. La rédaction s'installe, sans bruit, comme des élèves de sixième un jour de rentrée face à un professeur despotique. Pendant trente minutes, Christophe Boisseau écoute les membres du personnel parler si faiblement qu'il les oblige à répéter chacune de leurs phrases. Et à chaque fois, en les admonestant. *Si tu crois que tyranniser ton équipe en arguant l'humour t'attire des quelconques sympathies, tu te goures dans les grandes largeurs.* La demi-heure de concentration est trop intense pour les neurones du patron. Très vite, il reprend les rênes, s'écoute parler – ou plutôt palabrer – avant de distribuer les sujets qu'il a lui-même trouvés. *Comme s'il pouvait en être autrement !... Ça va encore être un grand moment dans l'histoire des médias web... Journalistes et rédacteurs, soyez tout ouïe !* Depuis que Christophe Boisseau décide lui-même des articles à faire figurer dans le magazine web, la qualité a chuté drastiquement. S'il continue ainsi, il n'y aura bientôt plus d'annonceurs. Et cela révolte Maëlle, elle qui voyait le webzine devenir rapidement un des incontournables des revues de presse internet… L'embourbé ordonne à Géraldine de traiter de l'influence des bigoudis chauffants dans les salons de coiffure. À Maïwenn, de créer du contenu sur l'impact du guano de goéland sur les plages. À Anthony, l'homme aux intestins fragiles, du confort de marche sur les nouveaux trottoirs du centre-ville. Ceux qui sont oubliés dans la distribution sont les plus chanceux, et ils le savent ! Même s'ils conservent une mine concernée, quelques mimiques de joie les trahissent. Vient le tour de Maëlle, la dernière comme à chaque fois… Celle avec qui chaque réunion se termine.

Christophe Boisseau se tourne vers elle et découvre ses dents en la regardant. *La vache, même quand il sourit, ça me fiche les miquettes ! Qu'est-ce qu'il va encore me trouver ? Les protections hygiéniques pour les dames salamandres ? La largeur de pose idéale entre deux carreaux de faïence ? Ou mieux : comment fabriquer une bougie décorative avec sa cire d'oreille ?*

—J'aimerais qu'on fasse un article sur la nouvelle station d'épuration.

Eh bah, tiens !

—Et c'est un sujet qui va ravir… Maëlle ! beugle-t-il en la pointant du doigt, comme une énorme flèche de roulette humaine.

Heureuse que ce suspense haletant prenne fin !...

— Elle aime être sur le terrain, n'est-ce pas ? continue-t-il, manifestement heureux de l'envoyer renifler le méthane.

Maëlle, prends sur toi. Elle accepte sans se départir de son sourire crispé, celui-là même qui lui fait ressentir des contractures dans les pommettes.

— Bien évidemment, monsieur Boisseau.

Pas aussi ravie que si je t'écrase tes petites lunettes de branleur sur ton crâne dégarni, mais allons bon ! Le pied de Maëlle tape rageusement contre le sol. *Mieux vaut le sol qu'autre chose...*

— Et je me disais...

Oh non, quoi encore ? J'attends la brillante idée qui me vaudra bientôt un prix Pulitzer...

— Que vous pourriez profiter de votre petite visite là-bas pour tester l'acoustique.

Maëlle est sidérée. *Là, je ne sais plus. Quel intérêt ? Est-il vraiment sérieux ?* Elle a besoin d'en avoir confirmation.

— Vous voulez que je chante... dans une station d'épuration ?

— Oui, répond-il, satisfait.

Si tu acceptes, tu es foutue ! Ta réputation de journaliste ne se relèvera jamais d'une réputation de chanteuse de karaoké merdique, au sens littéral. Et toi non plus... L'énervement gagne la Bretonne, au point que ses cheveux risquent bientôt de virer de l'orange au rouge. Elle serre si fort le stylo qu'elle a dans sa main que le bouchon saute et que le plastique commence à émettre de drôles de petits craquements. Quand Christophe Boisseau se permet en plus de lui conseiller quel titre chanter, Maëlle éclate. Les « tu », les « vous », tout se mélange quand elle livre ses pensées d'un seul souffle.

— Maintenant, je dis stop ! Être ici ou à la station, je ne sais pas quel gros déchet me dégoûte le plus.

Le chef est estomaqué qu'une employée ose lui répondre, à lui qui d'ordinaire inspire la crainte. Mais quand Maëlle est lancée…

— Tu veux un sujet génial ? Parce que je peux également te proposer « Avant/après : l'impact du vomi sur les mocassins imitation croco » ! braille-t-elle en fixant les chaussures de son patron, lui faisant vite cacher ses pieds sous la table. Tu sais comment je t'appelle dans ton dos, Totof Boisseau ? L'embourbé de la caboche ! Le tyran du dimanche ! L'homme qui donne aux cons toutes leurs lettres de noblesse. Vous savez ce qu'on va faire ? On va s'arrêter là : je rentre chez moi.

Quand elle se lève en envoyant valser sa chaise, stupéfaits et ravis, les autres membres du personnel l'applaudissent unanimement, avant d'être terrassés par le regard de leur patron. Elle se retourne une dernière fois avant de sortir de la salle de réunion :

— Au fait, si jamais un jour en marchant, vous voyez un mur se dresser face à vous : surtout, gardez le cap et mettez-vous à courir, vous rendrez un grand service à l'humanité !

Qu'est-ce que j'ai fait ? Merde, mais qu'est-ce que j'ai fait ? Trop d'adrénaline, je n'arrive pas à réflé-

chir. En même temps, c'est sans doute mieux ainsi pour l'instant. Cela m'évitera de pleurer et de ravager mes sneakers en daim. Et Ducon Rabat-Joie serait trop satisfait... Maëlle enfourne toutes ses affaires personnelles dans son grand sac et se dépêche de fuir les lieux de son méfait vengeur.

*

Quand elle quitte son bureau, elle fonce dans les rues de Quimper avec la Volvo. Elle ne prête pas attention au fait que la place où elle se gare… est interdite au stationnement, et encore moins aux deux policiers municipaux qui font leur ronde. Quand elle pénètre dans le pub, elle ne voit pas la clientèle d'habitués. Elle ne remarque pas non plus les deux employés d'Andrew qui la saluent joyeusement. Quand elle passe derrière le bar et s'engouffre dans le passage qui mène au bureau à l'arrière, tout ce qui lui importe est de se réfugier dans les bras de son mari, qui se lève prestement de sa chaise quand elle entre. De sentir ses grandes mains contre ses omoplates, de sentir sa grosse barbe lui chatouiller le front. D'être rassurée. Parce que là, serrée tout contre lui, dans une vieille échoppe qui sent le whisky tourbé et le caramel au beurre salé, elle sait que rien de mal ne peut plus lui arriver.

—Tu en dirais quoi, si on partait visiter la famille de mon frère ? On n'a pas encore vu sa nouvelle ferme.

—*Honey*, tu veux encore prendre des vacances ? s'inquiète son mari.

—Cette fois, elles me sont imposées, lui avoue-t-elle. Tu en penses quoi, si je deviens une femme au foyer ?

—Tu vas péter les plombs avant moi, rigole Andrew en laissant éclater son fort accent anglo-saxon.

Ça, c'est sûr ! Aucun doute possible là-dessus. Enfin, des opportunités, elle en verra d'autres. Et si rien ne passe, elle les créera elle-même. *Peut-être que cela signe le moment de repenser ma vie, comme Cami il y a quelques années ? Pourtant, hors de question pour moi que je me mette à renifler des pots et des languettes de parfum pour dadames toute la journée... Oh mince, en pensant à Cami, justement... !*

Maëlle desserre son étreinte et se jette sur le fourre-tout qui lui sert de sac pour en extirper son téléphone portable. Elle fait glisser son doigt sur le répertoire, laisse sonner deux fois avant de parler à son interlocutrice :

—Camélia, tu m'en veux à quel point si je ne suis pas présente au mariage ?

Le 25 novembre 1972,
Ma chère Aela,
C'est une Anna bien fatiguée qui te retrouve pour te conter sa journée. À cette heure presque indue de la nuit, je rentre tout juste de Paris. Je ne sais pas si tu es au courant de ce qui se passe en France en ce moment : les femmes demandent à disposer librement de leur corps. Aujourd'hui, nous sommes donc parties pour Paris, Augusta, Victor et sa femme Maryse, Faustin et moi. Les hommes auraient préféré rester en Bretagne, mais je leur ai expliqué que, même dans le combat des femmes, la parole des hommes aurait plus de poids, alors ils nous ont accompagnées. Pour Faustin, cela a été le plus compliqué : les terres bretonnes sont parmi les plus ferventes, et mon mari craignait l'opprobre des autres paroissiens. Je lui ai dit de penser à Augusta et à toutes les futures femmes de la famille et le débat fut clos. (C'est cela ma force, arriver à leur faire croire que parfois, ils ont le choix...) Jean est à l'étranger, avec sa nouvelle petite amie Anita. Quant à Loïc, le fiancé d'Augusta, il était en déplacement pour son travail.

Nous étions nombreux dans les rues. Tout le monde disait : « Plus qu'on ne l'aurait cru. » Et tout bas, rien que pour soi : « Moins qu'on ne l'espérait. » On reprenait en famille les slogans et on scandait le nom de Simone Veil. Faustin et Jean ont même tenu une des banderoles « Notre corps nous appartient » que deux petites étudiantes étaient fatiguées de soutenir. Avec Augusta et Maryse, cela nous a bien fait rire.
Les manifestantes venaient défendre leur corps, leurs libertés. Nous, on ambitionnait surtout que les femmes bénéficient un jour des mêmes droits que les hommes. C'est à chacune de décider ce qu'elle veut faire ou non, sans dépendre de la volonté des autres, quels qu'ils soient, comme je l'ai fait tout au long de ces années.
Je ne me bats pas pour un acte en particulier, je me bats pour le principe, pour la condition féminine. Je refuse qu'un jour ma fille ou l'une des femmes de la famille se voit opposer le même refus que celui auquel j'ai dû parfois faire face (à prendre des risques, faire du deltaplane, des courses automobile, ou tout simplement grimper dans les arbres) avec comme unique raison un état de fait : ma condition de femme, ou plutôt celle de ne pas être un homme. Peu importait la force, le courage ou la détermination dont je savais (et sais toujours) faire preuve. Tout était toujours ramené au fait que je suis une femme.
Je me bats pour que d'ici quelques années, tout

change, pour que ce qu'on véhicule à l'intérieur soit plus important que notre apparence et notre sexe.
En 1944, te rappelles-tu la lettre que je t'avais écrite ? J'étais tombée sur une revue qui relatait le combat des suffragettes de la fin du XIXe siècle au début du XXe. En Angleterre, seuls les hommes blancs et propriétaires avaient le droit de vote. Les femmes avaient attendu 1884 qu'une loi leur accorde le droit de... disposer de leur propre corps. Ensuite, en 1916, quand les soldats étaient revenus du front, ils avaient demandé le droit de vote au gouvernement britannique. Celui-ci y avait consenti et les femmes, qui avaient également contribué à l'effort de guerre, réclamèrent un droit identique. Ce fut chose faite dès 1918. En France, la femme a dû attendre vingt-six années supplémentaires avant d'obtenir le droit de vote !
Aujourd'hui, nous nous sommes donc battus pour que notre pays ne soit plus uniquement la patrie des droits de l'homme. Je suis sûre que tu aurais aimé être avec nous, à moins que tu ne fusses peut-être parmi la foule ?
Je n'aime pas regarder en arrière, mais parfois je m'autorise quand même à jeter un léger coup d'œil dans le rétroviseur de ma vie. Tous ces changements depuis 1923... Ceux qui naissent de nos jours ne se rendent pas compte que le « banal » d'aujourd'hui, nous était inconnu il n'y a pas si longtemps. Je te parle aussi bien des avancées

sociétales que de l'électricité, des voitures à moteur, des machines à laver, du grille-pain et du réfrigérateur... Tout va tellement vite, de quoi sera fait demain ?

Je te laisse avec mille baisers sans jamais te dire adieu,

À jamais à toi,

À jamais en moi,

Ta petite Anna

19

— Non, je t'assure qu'il n'y a pas de souci… On va s'organiser.

Un silence, quelqu'un parle à l'autre bout de la ligne. Camélia regarde d'un air absent les rares personnes présentes sur ce bout de plage moins fréquenté des touristes, avant de reprendre le fil de sa conversation.

— Très bien, on fait comme ça. Tu feras un gros bisou à tout le monde, chez Patrice.

De nouveau, Camélia se tait. Que lui raconte son interlocuteur ? Arthur tient chacune de ses filles par la main, et ils jouent tous trois à la « chasse aux vagues », avançant juste assez pour narguer les flots, et filant vite sur le sable sec quand les vagues remontent vers eux. Camélia, restée en retrait pour finir tranquillement la discussion avec sa cousine, observe sa petite famille patauger dans l'eau, crier de joie en feignant d'être effrayée quand l'eau rase leurs pieds ou caresse leurs chevilles.

— Bon, quoi qu'il en soit, tiens-moi au courant. Et si jamais tu as un coup de blues, tu n'hésites pas à décrocher ton téléphone ou à nous rendre visite.

Maëlle n'en finit plus de lui parler, sa façon à elle de décompresser à la fin de cette matinée stressante. Camélia plisse les yeux : le soleil vient de sortir de son refuge de nuages, projetant des milliers d'étincelles sur les flots calmes, les silhouettes d'Arthur, Aela et Anna se découpant en ombres chinoises sur le rivage. D'un air absent, elle prononce avant de raccrocher :

—D'accord. Allez, je t'embrasse. Bye !

La main en visière, la jeune maman reste un moment ainsi, à regarder les siens, Anna qui grimace parce que l'eau de mer a giclé jusque sur ses genoux.

—Maman !

Aela l'interpelle et Camélia a tôt fait de retrouver son mari et ses filles, en contournant deux serviettes de plage et en évitant de justesse une balle recouverte de Velcro que se lancent deux adolescents équipés de raquettes de plage. Elle attrape la plus sage des jumelles sous les aisselles et la fait tourner en l'air, aussitôt imitée par Arthur qui saisit Anna dans ses bras, provoquant l'hilarité des deux enfants. Ensuite, après avoir affronté à quatre les vagues au-dessus desquelles ils sautent quand elles viennent s'échouer sur la grève, les deux parents rendent les armes, fatigués d'avoir donné tant d'énergie en un si court laps de temps. Les jumelles, quant à elles, continuent de s'amuser dans l'eau salée, soulevant des algues ou observant des couteaux qui sortent de leur cachette, ce qui ravit silencieusement Camélia et Arthur. Ils espèrent ainsi que la sieste de l'après-midi sera des plus profitables à leur progéniture, et donc à eux aussi…

Appréciant l'iode et les embruns marins, les effluves provenant des peaux dorées enduites de crème solaire et celle des pins qui s'agitent au loin, ainsi que le sable qui masse les voûtes plantaires, les deux parents finissent par s'asseoir côte à côte, à moins de deux mètres de l'eau, afin que leurs filles n'échappent pas à leur vigilance.

—Que voulait Maëlle ?

—Prévenir qu'elle ne serait finalement pas présente au mariage de ton frère.

—Tout va bien ? s'inquiète-t-il, lui qui éprouve une si grande sympathie pour la cousine de sa femme.

Camélia hausse les épaules :

—Ça va, mais elle pourrait aller mieux… Elle a quitté son poste ce matin.

—Sérieusement ? Je croyais qu'elle était compléte-ment gaga de son nouveau job ?

—Tu as dû louper quelques épisodes… Ses relations professionnelles n'étaient plus au beau fixe depuis un petit moment, au point qu'elle angoissait au début de chaque journée.

—Donc finalement, c'est une bonne chose ? récapitule Arthur à voix haute.

—Sûrement… Je n'en sais rien et je crois qu'elle non plus. C'est d'ailleurs la raison de son coup de fil : elle devait avoir besoin de rendre cette décision plus concrète.

—Pour ma part, je pense que lorsque ton travail te rend malade, mieux vaut le quitter. En plus, avec un peu de chance, peut-être qu'elle peut trouver un accord afin de négocier au mieux son départ ?

Camélia tourne son visage vers son mari et fronce le nez :

—Là-dessus, j'ai des doutes.

—Pour quelle raison ?

—Tu connais ma cousine ?

Ébloui par la luminosité du soleil qui se reflète sur les eaux, Arthur ferme un œil en regardant sa femme, ne sachant pas où cette dernière souhaite en venir.

—Et le langage fleuri qu'elle peut parfois utiliser ?

—C'est sûr que si elle a fait sa Maëlle, les chances d'un départ amiable sont bien maigres, convient son mari qui vient de comprendre.

—Très, souligne Camélia.

Un des adolescents qui jouaient sur la plage s'est approché d'Anna pour lui parler. Contre son ventre, comme si elle protégeait un trésor à l'abri des regards, la petite fille tient dans ses mains la balle vert fluo en Velcro. Le jeune d'une quinzaine d'années tente de l'amadouer, très certainement pour qu'elle lui rende ce qu'elle vient de lui dérober. Cela n'a aucun effet sur Anna. C'est Arthur qui se lève, d'abord pour faire entendre raison à sa fille, avant de lui prendre de force la balle et de la rendre à l'ado lorsque la tentative de négociation échoue. Après avoir subi la colère de la petite qui tape ses mains à la surface de l'eau pour lui asperger les mollets, et l'avoir ensuite grondée, le père revient s'asseoir auprès de sa femme.

—Plus ça va, plus je me demande ce que sera la crise d'adolescence de notre douce progéniture.

Camélia sourit et prend la main de son mari avant de l'embrasser furtivement :

—Un baiser pour te donner du courage…

Dans ce cas, je crois que j'en aurai besoin de plus d'un...

Arthur lève un bras pour permettre à sa femme de se blottir tout contre lui.

—Comme cela me fait du bien de pouvoir souffler un peu et profiter de vous…

—Oui, mais tu aimes ce que tu fais, même si c'est loin de nous. Ça se voit.

—C'est sûr ! Je ne crois pas m'être déjà autant éclaté à la création d'un projet. C'est tellement exaltant !

Deux touristes derrière eux soulèvent le couvercle d'une imposante glacière bleue pour en sortir des sandwichs faits maison avec du pain de mie. Arthur reprend :

—J'aimerais bien que tu sois aussi passionnée que moi, comme tu l'étais encore il n'y a pas si longtemps.

C'est le moment de lui parler de mon plan...

—Justement…. Plus j'y réfléchis, plus j'ai envie de quelque chose. Je veux créer ma propre maison de parfumerie, sans plus avoir à dépendre des *desiderata* d'autrui. Faire ce que j'aime, revenir à l'essentiel.

—En quoi puis-je t'aider ? se soucie Arthur.

—Parfois, tout ce dont on a besoin, c'est de soutien.

—De soutien, c'est tout ?

—C'est tout.

—Alors, tu peux te tranquilliser, tu as mon appui plein et entier.

Dans leur dos leur parvient le bruit de deux cannettes de soda qu'on ouvre.

—Cela ne te fait pas peur ? demande Camélia qui a besoin d'être rassurée.

—Quoi donc ?

—Qu'on navigue en terrain inconnu, ou plutôt en mer inconnue ?

—La vie est faite d'inconnu. Parfois, il est préférable de ne pas connaître le résultat avant de commencer l'équation, c'est plus intéressant, lui répond-il en la serrant davantage contre lui, sa joue s'écrasant contre le visage de sa femme.

—C'est bien joli, mais je prends également un risque financier. On a une famille, des traites…

—Tu sais, on a déjà de l'amour et de l'eau fraîche à foison, la coupe-t-il en désignant l'Atlantique d'un ample mouvement du bras. Cela suffit. Et puis, au pire, on peut toujours présenter les filles à un cirque !

Arthur et Camélia sourient devant les couettes d'Anna et Aela qui vont en tous sens en même temps que l'agitation gagne les petites filles. Elles viennent de se faire de nouveaux copains et remplissent avec eux leurs seaux de sable mouillé.

—Ça paie bien, découvreur de talent circassien ? s'informe Arthur.

—Je ne sais pas.

—Il faudra que je me renseigne, dans ce cas…

Le 7 octobre 2012,
Ma chère Aela,
Aujourd'hui, Faustin est mort, il ne reviendra plus. J'en avais déjà perdu un, le bon Dieu aurait pu me laisser le second. Il vient tout juste de me quitter, tandis que sa présence plane toujours sur notre foyer. Les couloirs résonnent de ses pas feutrés, ma tête sent encore ses doigts quand il les passait dans mes cheveux, les courants d'air me rappellent son souffle dans mon cou. Seul mon cœur a compris ce que le reste de mon âme refuse. Par le nouvel éclat qu'il vient de recevoir, des larmes coulent. Sauront-elles un jour se tarir ?
Le vieux docteur Kermarrec est venu dès que Jean, ou peut-être Victor, l'a appelé, quand le jour pointait à peine. J'étais toujours assise sur la chaise de la coiffeuse, dans ma robe de chambre blanche avec les petites fleurs jaunes brodées. Il a pris son pouls, rempli des papiers. Il s'est approché de moi avec une tête de circonstance et m'a demandé comment je supportais ce drame. Je n'ai pas répondu. Il m'a tendu une ordonnance qu'Augusta a attrapée au vol. Et, sans que je n'aie rien

besoin de dire, c'est elle qui l'a sermonné : qu'on me laisse un peu avec ma douleur, sans vouloir la gommer avec des antidépresseurs que je n'ai pas demandés. Je lui ai pressé la main pour la remercier, j'ai vu une larme couler sur sa joue. Je te le dis, Aela, parce que je crois que c'est la première fois que je la voyais pleurer depuis qu'elle était enfant. Il faut dire qu'elle est belle, forte et fière, mon Augusta. Cela aurait pu me mettre un coup au cœur, mais il est déjà bien entaillé...

Tous mes enfants et mes petits-enfants sont à la maison depuis ce matin. Ils ne veulent pas me laisser seule, ils souhaitent tout arranger, tout prévoir, se plier à mes quatre volontés. Mais je ne veux plus rien d'autre que crier. Pourtant, aucun mot ne sort, aucun son. Je reste là, dans mon vieux fauteuil, celui près de la fenêtre, et je les regarde s'agiter tristement, comme des petits êtres à l'agonie. Tout ce que je souhaiterais, c'est qu'on me laisse seule, avec ma peine et mes souvenirs. Comment le leur demander sans les attrister ?

Ainsi, tandis qu'ils pensaient que je faisais la sieste cet après-midi, j'ai fait le mur. Je me suis faufilée dans les couloirs, avant de descendre doucement l'escalier. Je n'avais qu'une seule idée en tête pour le sentir et le revoir un peu. J'ai emprunté la route qui descend à la plage, désertée en ce début d'octobre, et je me suis assise sur la grève.

Je n'ignore pas faire partie des chanceuses. Soixante et onze années de pure félicité avec un homme, une parenthèse enchantée avec un autre. C'est peut-être plus que pour bien d'autres, mais ce n'est jamais assez. Pourtant, je sais qu'au moins, faible réconfort, je n'ai aucun remords, aucun regret. Tous ceux qui m'entourent pourront-ils dire de même, quand ils atteindront mon âge ?
Orage, tempête ou ouragan, ce qui s'annonçait aujourd'hui correspondait à la façon dont je me sentais. Le ciel anthracite, plomb fondu menaçant la baie, charriait de violentes vagues sur le rivage. Plutôt que de caresser doucement le sable, les déferlantes s'écrasaient dessus, vaporisant de fines gouttelettes qui se déposaient sur mon visage et la peau de mes bras nus. J'étais aussi mal que le temps, déchaîné. Cela m'a rappelé les premières nuits de 1941 sans James, juste après le naufrage. Je m'échappais à la tombée du jour ou aux premières lueurs, et je regardais la mer, cette amie d'autrefois qui l'avait emporté. Je voyais chaque changement, chaque couleur, chaque lumière comme un signe. Lorsque la douceur du soleil s'endormant teintait les flots de rose et de mauve, je l'imaginais en paix. Ou au contraire, quand, furieux de m'avoir quittée si tôt, il éclatait en une arborescence de feu, l'eau devenait lave, la fusion se faisait sous mes yeux.
Je suis revenue à ce jour triste d'octobre, espérant me réveiller de ce cauchemar, être tirée du

lit par mon Faustin goguenard. Rien... J'ai donc prié, de toutes mes forces, de toutes mes pensées malmenées, pour qu'il me fasse un signe. Et j'ai attendu. Combien de temps ? Je ne sais plus. Parce que je savais que les miens découvriraient bientôt ma fuite, je me suis levée, péniblement, pour rentrer à la maison, l'âme en peine. Et, tandis que j'avais encore un pied sur le sable et un autre déjà sur le bitume, j'ai senti que tout changeait, que la lumière enfin se faisait. Je me suis retournée et j'ai vu : au-dessus des flots gris, au travers des cumulus noirs, il a commencé à filtrer, doucement. Puis de plus en plus fort, jusqu'à se faire une place de choix pour dominer la crique. Un beau soleil, jaune, puissant, réconfortant. Et je me suis rappelée ce que Faustin me disait toujours : « Le soleil brille toujours derrière les nuages. » Je ne l'oublierai plus...

Je te laisse avec mille baisers sans jamais te dire adieu,

À jamais à toi,

À jamais en moi,

Ta petite Anna

20

Comme toute mère le serait à sa place, Camélia est émue de voir ses filles marcher dans l'allée de la mairie. Elle tapote le coin de ses yeux avec un mouchoir, afin de ne pas mettre en péril son maquillage qu'elle a mis plus d'une heure à peaufiner. Tous les enfants de la famille sont mis à contribution, Aela et Anna devançant la mariée et parsemant le chemin de pétales de rose, tandis que les autres cousins et cousines suivent l'heureuse élue dans un cortège qui se veut, à chaque pas, plus chaotique, Barnabaz et Adrian tentant désespérément de coincer le voile de Laurine sous leurs petits pieds, jusqu'à ce que Jean les rappelle à l'ordre d'un simple regard. Plus tard, quand l'officier fait la lecture des articles du code civil, c'est Arthur qui doit rabrouer ses filles, Aela et Anna bataillant avec les nombreux pétales encore présents dans leur petit panier en osier blanc.

Un des amis des mariés, Ugo, se met à chanter un air de Toscane dont il est originaire, censé apporter bonheur au jeune couple pour les nombreuses années à venir. Dans la salle, tous les amoureux sont touchés, même le maire qui rougit d'émotion, la couleur de sa peau tranchant vivement avec sa barbe blanche de Père

Noël. Arthur prend la main de sa femme, qu'il serre tendrement… Loïc dépose un baiser sur la joue d'Augusta, Victor enlace Maryse, Jean fait le zouave pour arracher un sourire à Anita. Nicolas et Gaspard singent les amoureux transis en gesticulant, Gwenaëlle, Guillaume, Helena et Emmanuel se balancent doucement au rythme de la mélodie transalpine, pendant que Nolwenn embrasse sauvagement son fiancé brésilien et qu'Armelle pose sa tête sur l'épaule d'Éric.

Tout ce petit monde en oublierait presque ce qui les entoure : les fleurs disposées à chaque rangée de chaises bordant l'allée, les autres invités qui sont dans le même état qu'eux, le traiteur qui doit actuellement être en train de peaufiner les derniers détails du vin d'honneur en attendant l'arrivée du cortège, les enfants qui… Ah oui, qui patientent gentiment, Alana esquissant même quelques petits pas de danse, Barnabaz et Adrian ayant quant à eux opté pour le pogo à la sauce premier âge. Camélia contemple Aela, qui tournoie sur elle-même. Encore et encore, pour que ses jupes se soulèvent et virevoltent autour d'elle. Et Anna… *Où est Anna ?* Sa mère angoisse, interpelle à voix basse Arthur qui a tôt fait de la retrouver, juchée sur la table, à côté du livre des cérémonies, caressant du bout de ses doigts la grosse barbe du maire qui se met à rigoler. *Comment a-t-elle fait pour se retrouver là en un si court instant ?* Cet intermède ponctue la cérémonie civile. Confus, Arthur s'excuse auprès de l'officier de mairie, d'Ugo le chanteur et des autres invités, tout en attrapant son aventurière de fille sous un bras, honteux.

Merci Anna de nous faire passer pour des parents démissionnaires. Mesdames et messieurs, nous déclinons toute responsabilité : notre fille est un ninja des temps modernes, en version miniature.

*

Camélia grimace et plisse les yeux : les volets n'ont pas été fermés la veille et le soleil, déjà haut, vient la réveiller en passant entre les rideaux. Elle tire le drap jusque sur son visage, espérant ainsi retrouver un peu d'obscurité, mais l'astre célèbre août dans toute sa luminosité. Camélia abdique et tente péniblement de soulever ses paupières. Par les fenêtres ouvertes, des bribes de conversation lui proviennent déjà du jardin, saupoudrées de quelques rires d'enfants. Elle les imagine, rassasiés, se courir après, alors que leurs parents respectifs ont toujours le nez plongé dans leur bol de café, essayant de retrouver l'entrain de la veille, eux qui ont bu (un peu) plus que de raison. Il faut dire que les toasts n'ont pas arrêté de s'enchaîner et qu'il est impoli de refuser de lever son verre en l'honneur de jeunes mariés, tout le monde le sait. Heureusement pour Camélia, au bout de deux coupes de champagne, elle est pompette. Ce qui fait que son corps lui pose rapidement des barrières et qu'elle ne connaît pas la casquette des lendemains de fête.

Profitant de la sensation des draps en percale de coton contre sa peau et de la douce chaleur du soleil sur le lit, Camélia s'étire. Un regard vers la fenêtre lui indique que la journée sera clémente, le ciel azur se démarquant nettement de la cotonnade blanche des rideaux.

—Arthur, je crois qu'on va…

Et sa phrase reste en suspens tandis qu'elle tend les bras vers son mari… mais ne le trouve pas dans le lit. Elle tourne son visage vers l'oreiller voisin pour s'assurer que ce n'est pas une farce. Pourtant non, la place est bien vacante. A-t-elle vraiment dormi si longtemps ? Elle attrape péniblement le réveil : neuf heures trente-quatre. Camélia pense à ses parents au sommeil léger, qui ont préféré loger dans une chambre d'hôtes de la rue voisine plutôt que de rester dormir au manoir et entendre la fête s'éterniser. Surtout, elle les remercie silencieusement pour avoir proposé de garder Aela et Anna, afin que leur sommeil ne soit pas également perturbé. *Enfin, je peux profiter d'une grasse matinée...*

La jeune maman se frotte les yeux quand on frappe doucement à la porte, juste avant qu'elle ne s'ouvre. Arthur tient dans ses mains le grand plateau à pieds en bois, qu'il vient déposer délicatement sur le lit, aussi délicatement que le baiser qu'il donne à sa femme qui vient de se redresser.

—Madame est servie. Je crois que j'ai pensé à tout.

Les yeux de Camélia brillent de gourmandise lorsqu'elle détaille tout ce que le plateau contient : une omelette à la ciboulette, du jambon et du fromage, pour elle qui affectionne les petits-déjeuners salés, mais aussi une petite corbeille de croissants au feuilleté bien gonflé, deux verres de jus d'orange, du beurre et de la marmelade d'orange amère. *J'ai envie de tout manger...* Elle baisse les yeux vers sa taille, un peu moins fine, et ses hanches, un peu plus larges. Bien qu'elle ait toujours été pulpeuse, sa dernière grossesse n'a pas épargné son corps. Mais le petit-déjeuner est si tentant… Tant pis pour son régime, elle le reprendra demain, voilà ce qu'elle se dit chaque jour ! Impossible pour elle de résister ou de laisser son ventre crier famine.

Arthur lui tend une tasse en porcelaine, quasiment remplie à ras bord, puis vient s'installer dans le lit :

—Tiens, je t'ai fait le thé vert que tu aimes bien, celui à la mandarine.

—Oh merci, chéri. Si tu n'existais pas, il faudrait quelqu'un pour t'inventer.

—C'est vrai que j'assure plutôt bien, lui répond-il cabot, la bouche pleine de viennoiseries.

Camélia porte la première bouchée d'œufs à sa bouche. L'omelette est baveuse, juste comme il faut, et les aromates la parfument délicatement. *Peut-on uniquement se nourrir de petits-déjeuners ?*

—Au fait, tes parents ont appelé pendant que j'étais dans la cuisine.

Camélia s'arrête aussitôt de mâcher, son sang de maman ne faisant qu'un tour :

—Il y a un problème avec les filles ? demande-t-elle, inquiète.

—Non, ne te fais pas de souci. Mais comme ils repartent bientôt pour terminer leur croisière autour du monde, ils voulaient savoir s'ils pouvaient garder les jumelles pour la journée.

—Très bien. Qu'ont-ils projeté de faire avec elles ?

—Il me semble qu'il s'agit d'un tour de voile.

Sa femme le regarde, interloquée :

—Alana pleurait parce qu'elle venait de tomber, donc je n'ai pas tout compris, admet-il. Est-ce un tour de bateau à voile ou de char à voile ? Aucune idée. J'ai donc condensé en « tour de voile ».

—Et que leur as-tu répondu ?

—Vu le bazar qui règne déjà en bas avec Barnabaz et Adrian, j'ai pris sur moi d'accepter leur proposition. Tu es d'accord ?

—Bien entendu.

—Et tes fils, qui se sont couchés il y a moins de trois heures seulement, sont censés les rejoindre dans la journée.

—C'est normal pour des grands-parents de vouloir profiter de leurs petits-enfants. Vu le caractère docile d'Anna, ses frères ne seront pas de trop pour les aider à lui courir après…

—Tu m'étonnes ! Il semblerait qu'elle ait déjà trouvé quel usage réserver à la bombe de mousse à raser de ton père…

—Qu'est-ce qu'elle a fait ? s'étrangle Camélia.

—Je n'ai pas voulu demander. Ou plutôt, je n'ai pas osé…

—Et Aela ?

—Elle était captivée pendant ce temps-là par un de ses petits livres.

Depuis le parc, les paroles d'Augusta leur parviennent, soutenus par un de ses frères. Il est question de limaces retrouvées dans les chaussures d'Alana. Apparemment, certains enfants risquent d'avoir des problèmes et les deux époux pensent déjà savoir comment se prénomment les petits coupables…

Camélia mastique en silence, détaillant de pied en cap son mari qui s'en aperçoit :

—Qu'y a-t-il ?

—Rien…

Arthur l'invite d'un regard à lui faire part de ses réflexions à haute voix.

—Je me demandais juste… Tout le monde est levé ? ose Camélia.

—Oui, pratiquement. Avec les monstres en bas âge, impossible pour leurs parents d'espérer dormir un peu. Pourquoi ?

—Et tu es descendu à la cuisine dans cette tenue ?

—Bien sûr ! Les autres n'auraient trop rien osé dire, mais mon frère ainsi qu'Emmanuel et Nolwenn auraient été déçus de ne pas me voir dans un de mes célèbres pyjamas. Tout leur être les réclame à cor et à cri, alors j'ai sorti celui d'Achille Talon pour leur faire plaisir. Si, après cela, j'entends quelqu'un me dire que je n'accorde guère d'importance au bonheur des autres…

Et Arthur éclate de rire, suivi par Camélia qui en vient même à hoqueter, entre deux bouchées.

*

Quand enfin elle s'extrait de sa chambre et de cette délicieuse parenthèse d'intimité qu'elle vient de s'offrir avec son mari, froissant les draps et comblant leur désir, Camélia profite de la quiétude et de la fraîcheur qui règnent au rez-de-chaussée. Portes et fenêtres sont grandes ouvertes, laissant un léger courant d'air souffler dans les pièces, balayer sa maison d'Ouest en Est, et ramener la tranquillité dans une demeure qui vient de connaître la fête. Elle emprunte le couloir qui la mène derrière, dans le jardin, et avise presque tout le monde dans le parc. Adrian et Barnabaz, en nage, font les fous sur la balançoire accrochée dans le pommier, tandis que leurs parents les exhortent au calme. Alana et son père jouent au croquet, ou tout du moins, ils essaient, pendant qu'Helena câline Alwena. Les adultes sans responsabilité parentale à assurer font la sieste çà et là, allongés dans les transats. Seule une petite poignée d'irréductibles – les vaillantes femmes Le Guell – bavarde joyeusement, sans que leur facilité à lever le coude la veille ne leur fasse connaître les déboires symptomatiques de la gueule de bois. *Il faut dire que dans cette famille, les femmes ne sont pas des petites natures...* Camélia décide de les rejoindre.

Autour d'une eau de fruits, les femmes Le Guell discutent du mariage, de la beauté de la mariée, de la barbe – pour une fois – bien taillée d'Erwan, des enfants si mignons dans leurs vêtements de filles et garçons d'honneur, de la finesse des bulles du champagne, de la cousine Berthe, accompagnée de son nouvel et jeune amant, de la musique choisie comme première danse, du caramel drapant les petits choux à la crème… Lorsque tous les sujets relatifs à l'événement de la veille semblent taris, la conversation s'oriente spontanément vers les malles de lettres découvertes par Camélia et Maëlle, toute la famille ayant été mise au courant par Radio Augusta.

—Tu as fini de lire tous les messages ?

—Non, pas encore ! Il faut dire qu'il y en a tellement. De plus, le fait que tout soit mélangé, n'aide pas à la compréhension. Aucune chronologie n'est respectée, j'ai retrouvé des écrits de 1940 au milieu de 1984, et ainsi de suite.

—En même temps, maman n'a jamais été réputée pour son sens aigu de l'organisation, atteste Augusta.

La belle-mère de Camélia lui sert un grand verre d'eau, dans lequel flottent des feuilles de menthe, des tranches de concombre et quelques énormes groseilles, prêtes à éclater.

—Que raconte ma grand-mère ? demande Nolwenn.

—Elle parle de sa vie, de ses sentiments. Chaque naissance de ses descendants a droit à des pages entières. Ce qui m'étonne le plus, c'est cette liberté de ton pour une femme de son époque ! Elle a écrit des choses que je n'aurais même pas osé faire aujourd'hui.

—Je sais que mon arrière-grand-mère se désolait toujours en répétant à sa fille : « Un esprit d'aventurier dans un corps de femme », témoigne Nolwenn. Et grand-mère Anna se plaisait à l'entendre…

—Il est certain qu'il suffisait de lui dire « non » pour que, d'office, elle trouve un attrait tout particulier à l'objet ou l'expérience qu'on lui refusait. À son époque, elle était bien connue dans la région pour ça…, confirme Anita.

— Et sinon, tu as enfin trouvé qui est cette énigmatique Aela à qui s'adresse Anna ? s'enquiert Gwenaëlle. Pour ma part, c'est ce qui m'intéresse le plus dans toute cette histoire.

Si toutes comprennent finalement la discrétion d'Anna sur cette relation épistolaire, le mystère quant à la personne à qui l'aïeule adressait ses lettres reste entier. Même Anita a succombé à l'appel de la curiosité et s'est rendue la semaine dernière au bureau de l'état civil. Hélas, avec un prénom comme seul indice, sans certitude que cette femme ait bien vécu à Saint-Pol-de-Léon et non dans une bourgade environnante, la femme de Jean a fait chou-blanc. Tout ce qu'elle a obtenu de la remplaçante de l'employée de la mairie se résume à ceci : « Trouver en Bretagne une femme qui a vécu au XXe siècle et s'appelle Aela, c'est un peu comme chercher du quartz au milieu du granite. » Et toutes les femmes Le Guell approuvent.

— Dans certaines de ses lettres, j'ai trouvé : « Aela, où es-tu ? Tu me manques, fais-moi un signe », raconte Camélia qui tient absolument à percer le mystère.

— Peut-être que c'était métaphorique ? Ce qu'Anna souhaite souligner, c'est l'absence de son amie. Tout ce qui compte, c'est qu'elle n'est pas à ses côtés pour vivre les moments forts de son existence, avance Gwenaëlle.

Toutes les femmes présentes sont penchées au-dessus de la table, pareilles à des conspiratrices.

—Ou qu'elle avait perdu la trace de cette amie si chère, et qu'elle a continué de lui écrire, pour pouvoir lui envoyer toutes ces lettres le jour où elle retrouverait sa trace ? propose à son tour Maryse.

—Pour ma part, je pencherais pour un destinataire fictif, soutient Nolwenn, l'air entendu.

—Et toutes ces lettres ? la questionne sa cousine.

—Elles ne seraient qu'un journal intime qui prend une forme particulière. De ce que je me souviens du programme au lycée, à moins que ce ne soit au collège, on avait étudié ce phénomène. Chez certains, il est difficile de ne s'adresser qu'à soi, raison pour laquelle on s'invente un double à qui destiner ses confidences. « Aela » remplace « Cher journal ». Et peut-être que grand-mère Anna espérait que, plus tard, tout ce courrier servirait à témoigner de son existence, comme ce fut le cas pour Benjamin Constant avec son propre journal.

—Ou peut-être que la réponse importe peu, dans le fond, tranche Augusta.

L'épouse d'Arthur éprouve quelques difficultés à dissimuler les émotions qui l'assaillent en ce moment. Augusta s'en aperçoit et pose sa main sur son avant-bras :

—Allons, Camélia. Ce n'est pas grave si le secret reste à jamais entier. Avoir retrouvé ces lettres est déjà un cadeau en soi qui va nous permettre de nous souvenir de ma mère d'une autre façon. Un merveilleux présent… Au fond de moi, j'espérais qu'elle saurait nous envoyer des signes d'où elle est, et elle l'a fait.

Parce qu'ici, nous sommes tous au courant que si une personne en était capable, c'est bien elle !

Toutes les femmes rient, en repensant à un souvenir qu'elles ont eu l'opportunité de partager avec la grand-mère tour à tour sage et compatissante, rebelle, farceuse… ou enquiquineuse de première.

—Je me rappelle l'année de ma seconde, commence Nolwenn. Grand-mère Anna était venue me chercher à la sortie des cours et elle avait vu que je n'avais pas le moral… Mon petit copain de l'époque, Nathan, m'avait encore plaquée…

—Oh oui ! Celui-là, tout le monde s'en souvient ! l'interrompt Maryse, encore agacée malgré les nombreuses années écoulées.

Elle se met à agiter nerveusement le pied.

—Maman…, la sermonne gentiment Nolwenn, nous n'étions que des gamins. Enfin bref, j'étais mal, une fois de plus, reprend-elle comme si de rien n'était. Grand-mère m'a serrée contre elle… Elle était déjà âgée et, ce qui est drôle, c'est que même si elle était toute petite, elle avait une force extraordinaire. Ensuite, elle m'a dit que les femmes fortes comme elle espérait que je le devienne un jour ne pleurent pas sur des blancs-becs qui pensent que le comble de l'élégance, c'est de se coiffer à la mode tarte flambée ! D'autant, a-t-elle ajouté, que ça n'arrangeait en rien son air peu futé.

—Elle t'a vraiment dit ça ? n'en revient pas Camélia.

—Oui ! Et ce n'est pas tout : quand grand-mère l'a croisé deux jours plus tard en allant faire ses courses, elle a sermonné Nathan et lui a demandé d'être plus respectueux envers sa petite-fille. Et elle a ajouté que, si l'envie d'être quelqu'un bien ne suffisait pas à le faire changer de conduite, elle connaissait de bons Bretons qui seraient prêts à tout pour lui faire plaisir, comme accrocher en haut d'un phare par les bretelles le goujat qu'elle leur indiquerait. Après ça, autant vous dire que je n'ai plus vu Nathan que de très, très loin !

—Il a eu peur ? s'enquiert Anita.

—Pas de la correction, mais plutôt d'affronter une famille de cinglés ! précise Nolwenn.

Augusta éclate de rire et Maryse tape sur ses genoux. Camélia, Armelle et Gwenaëlle se tordent tellement elles sont hilares en imaginant la frêle et élégante petite grand-mère en train de menacer un grand adolescent. D'autant quand on tient compte du fait qu'elle était déjà nonagénaire à ce moment-là.

—Pour moi, le souvenir le plus marquant demeure le jour de son quatre-vingt-dixième anniversaire, évoque Armelle.

—Ce n'est pas le jour où elle s'est fait retirer son permis ? demande Camélia, qui se rappelle vaguement quelque chose dans ce goût-là.

—Celui-là même. On roulait à plus de cent kilomètres heure sur une départementale limitée à soixante-dix. Forcément, une voiture de gendarmes est sortie d'on ne sait où pour nous arrêter.

—Connaissant maman, elle n'a pas dû être des plus conciliantes…, suggère Augusta.

—Tu parles ! On a failli finir derrière les barreaux pour outrage à agents ! Heureusement qu'elle a rappelé au capitaine de gendarmerie qu'elle l'avait connu quand il portait encore des culottes courtes…

Faire chanter un représentant de l'ordre… Oui, Anna ne reculait devant rien. Elle avait toujours été du genre à aller au-devant des embûches plutôt que d'attendre sagement que le temps file. Observer les trains depuis le quai de gare ne l'intéressait pas. Pour elle, mieux valait être celle qui conduisait la locomotive !

—J'ai passé de très bons moments avec Anna, même si elle n'a pas été commode au début de notre relation, quand je suis venue ici pour m'occuper d'elle.

—Elle avait fait fuir plus d'une dame de compagnie ! précise la discrète Anita.

—Mais ensuite, la plus agréable des parenthèses… Elle m'a appris à entrevoir ce qui était important, à renouer avec le goût de la vie

—Toi aussi, tu l'as aidée… Tu lui as donné envie de continuer, lui assure Armelle.

—Si je dois partager un épisode amusant, bien qu'il ne m'ait pas faire rire sur le moment, c'est la façon dont elle malmenait un de ses médecins, pendant l'hospitalisation qui a suivi son AVC. En effet, Anna n'aimait pas sa façon de s'habiller, de s'adresser à elle comme si elle était gâteuse, de faire la moue quand il prenait connaissance de son dossier… Même sa manière de marcher l'irritait au plus haut point ! En bref, tout était prétexte à se plaindre de lui puisqu'elle ne le supportait pas. Un jour, continue Camélia, elle a joué la faiblesse passagère, le malaise, durant une de ses visites. Il a vite sorti son stéthoscope pour l'ausculter… et, encore très vive, elle a attrapé le pavillon et a hurlé dedans ! L'infirmière m'a raconté que le cardiologue avait fait un de ces bonds… Il n'arrêtait pas de mobiliser sa mâchoire en ouvrant et fermant la bouche, les doigts enfoncés dans les oreilles…

Les pleurs fusent… de rire.

— Vu que le médecin n'a ensuite pas osé gronder une petite mamie, c'est à moi qu'il a destiné une sacrée avoinée quand je suis venue lui rendre visite…

Qu'il est agréable de pouvoir évoquer le passé et les souvenirs, tout en ayant le sourire aux lèvres. Comme on peut s'y attendre, parfois un pincement au cœur accompagnera la sensation de manque contiguë à l'absence. Mais toutes savent que le soleil brille toujours derrière les nuages…

*

La fin de journée approche et, de la même façon pour chaque lendemain de fête, il faut finir de ranger, nettoyer, remettre les choses à leur place pour, dès demain, laisser la place au quotidien. Arthur préférait procrastiner, profiter de la journée, jouer au badminton avec les siens, apprécier une bonne bière dans les transats, en parlant sport ou actualités. Mais Camélia lui a fait comprendre que, s'ils attendaient, ils ne seraient que deux pour effectuer tout le travail. Tandis qu'en s'y mettant rapidement, tout le monde pourrait aider, ce qui fut chose faite en moins d'une heure.

Les plus jeunes terminent de mettre à l'abri les tables et les bancs sortis de l'appentis pour l'occasion, les plus âgés prétextant des faiblesses articulaires pour profiter des petits-enfants. Camélia croise Augusta qui vient tout juste de finir de regrouper les décorations florales des tables, faites de bouquets dans de nombreux vases en verre.

— Ah, Camélia. Gwenaëlle ne va pas tarder à rentrer chez elle avec Guillaume et Barnabaz. Est-ce que tu voudrais m'accompagner au cimetière ? Plutôt que de laisser toutes ces fleurs se perdre, je me suis dit qu'on pourrait en décorer les tombes de la famille.

Bien qu'elle n'ait jamais été trop portée sur les promenades dans ce genre de lieu, Camélia accepte. *Je ne vais pas la laisser porter toutes ces fleurs seule. Après tout, c'est à Augusta que mes rosiers doivent leur survie.*

Le 26 mars 2013,
Ma chère Aela,
À qui puis-je encore cacher que le temps œuvre, même sur moi ? Je n'ai plus goût à m'occuper du jardin, devenu trop grand pour mes petites mains. En réalité, je dois avouer que cela me fatigue un tantinet. Rester toute seule m'effraie même un peu. Parfois, je me retourne (peut-être un peu trop vivement) et j'ai un vertige subit qui me force à stopper mon élan, voire à m'accrocher à tout ce qui peut me tomber sous la main. Voilà mon malheur : être trop vive pour un corps qui n'arrive plus à me suivre. J'ai dernièrement prétexté la coquetterie pour que les enfants fassent venir chaque semaine une esthéticienne qui s'occupe un peu de moi. La raison est tout autre : je n'arrive plus à me baisser pour atteindre mes orteils. Quoi qu'il en soit, je préfère subir le supplice de la planche à bord d'un bateau de pirates plutôt que de l'avouer aux petits. À toi, ce n'est pas pareil, je peux tout dire. De toute façon, tu le sais sans doute déjà.

Penses-tu que tout le monde vieillit ? Qu'adviendra-t-il de moi, de mon âme, quand je deviendrai une vieille personne ? Crois-tu que je le supporterai ?
Je ne me vois comme une dame d'un certain âge qu'au travers du regard des autres. Dans mes envies, dans mes rêves, je suis toujours une jeune fille qui n'en fait qu'à sa tête. Qui refuse de ne revêtir que des robes ou des jupes, qui trace à travers la lande à califourchon sur un cheval, qui monte dans les arbres jusqu'à trouver une branche agréable sur laquelle lire. Quand je dors, je fais des concours de plongeons avec Faustin tout au bout de la pointe de Pen-al-Lann. Je profite du soleil d'été qui réchauffe ma peau nue, belle et tendue. Je me promène avec un beau soldat Anglais dans un jardin en Écosse. Je suis sur un voilier, ballottée par les vents, et je ris, je ris, tandis que l'air gonfle la voile, malmène la coque de noix et fait virevolter mes cheveux en tous sens.
Quand je me réveille, j'ai presque envie de pleurer. Cette sensation de liberté, quand pourrai-je de nouveau la ressentir ? Désormais, la Bantam ne roulera plus. Moi qui aimais tant me déplacer à vive allure dans la décapotable, on m'a retiré mon permis le jour de mes quatre-vingt-dix ans. Il ne me restait plus qu'un point, on aurait pu me le laisser. J'ai tenté d'expliquer au gendarme qu'il y a des choses qu'on ne fait pas. Il a pris

une grosse voix, je l'ai bien disputé. Il a argué que je me rendais coupable de refus d'obtempérer, je lui ai intimé de bien vouloir respecter mes cheveux blancs. Si bien qu'Armelle et moi, nous avons fini au poste… J'ai passé toute ma vie sans aller à la gendarmerie. Voilà qu'à quatre-vingt-dix ans, on m'y embarque de force. Mais je me suis bien amusée. Si j'avais su, je m'y serais rendue plus tôt !
Avec Armelle, quand on s'est retrouvées assises dans un bureau (Dieu, qu'il était moche !) face à un autre gendarme (joli garçon) et qu'il nous a demandé ce qu'on avait à déclarer, j'ai tout mis sur le dos de la petite. Si tu avais vu sa tête ! J'ai éclaté de rire avant d'avouer la vérité. Ma petite-fille n'a pas de nerfs et le gendarme, aucun humour. J'ai fait appeler Corentin, tu sais, le petit-neveu de Constance, qui est aujourd'hui capitaine, et je lui ai demandé d'être raisonnable. Il n'avait pas l'air dans de bonnes dispositions. J'ai évoqué la fois où, enfants, ses copains et lui essayaient d'attirer les bateaux la nuit avec des lampes torches pour qu'ils s'échouent contre les rochers, comme autrefois. Il a finalement retrouvé la raison, mon petit Corentin.
Histoire de m'amuser, hier encore, j'ai enfilé une paire de chaussettes (celles en grosse laine, qui me vont depuis des années) et je me suis élancée dans le couloir des chambres pour glisser un peu. Ressentir l'excitation quand on démarre,

et l'appréhension de ne pas chuter à l'arrivée. Quand elle a su que j'avais fait cela, Augusta m'a grondée. Le crois-tu ? Déjà que je ne peux plus me couper les ongles de pieds, si en plus je n'ai pas le droit de déraper quand cela me chante...
Je lui ai répondu que j'avais su prendre soin de moi pendant quatre-vingt-dix printemps sans qu'elle ne veille à ma sécurité. Elle m'a répondu que je n'étais pas raisonnable, une inconsciente. Cela m'a mise en joie et je me suis exclamée : « C'est bien ! Au moins, voilà enfin une chose qui ne change pas ! » Ma fille n'a plus rien dit... et ce sont mes fils qui ont pris le relais. Ils m'ont même confisqué mes chaussettes de glisse ! Mais Nolwenn m'a vue peinée. Avant qu'ils ne repartent tous chez eux, elle m'a chuchoté à l'oreille qu'elle m'apprendrait à faire du skate à sa prochaine visite, je lui ai dit que je préférais tester le saut en parachute. Elle a accepté, j'ai hâte ! Heureusement que tu sais garder mes secrets, sinon elle risquerait d'avoir de gros ennuis...
Je te laisse avec mille baisers sans jamais te dire adieu,
À jamais à toi,
À jamais en moi,
Ta petite Anna

21

Camélia file dans sa chambre pour y chercher sa petite veste en jean, craignant de prendre froid, les soirées précédant la rentrée scolaire se faisant de plus en plus frisquettes en raison de la brise poussant du littoral. Un petit rappel de la nature pour faire comprendre aux touristes qu'il est bientôt l'heure de quitter leur lieu de villégiature…

Alors qu'elle tapote un peu de baume sur ses lèvres légèrement asséchées en se regardant dans le miroir de la coiffeuse, Camélia remarque l'ancien flacon en cristal style Art déco sur le petit meuble, celui-là même qui faisait partie d'un lot qu'elle s'est offert un an plus tôt, sur l'étal d'une brocante en plein air. *Je ne l'ai pas encore essayé... Enfin, je veux dire, pas encore porté...* Contenant désormais son dernier jus, ce parfum qu'elle a mis si longtemps à recréer, elle prend le vaporisateur de sa main gauche et appuie trois fois sur la poire gris clair de sa main droite, parfumant ainsi sa gorge, son épaule droite et, pour finir, le côté gauche de sa nuque, à l'endroit même où naissent de petits cheveux. Satisfaite, elle repose le flacon, passe une mèche de cheveux derrière son oreille puis sa veste sur son dos, ferme les fenêtres qui commencent à claquer, avant de descendre l'escalier et d'atteindre la voiture d'Augusta, déjà installée derrière le volant, l'attendant patiemment.

Peu de temps après avoir démarré, l'automobile quitte déjà Creach André pour redescendre plus loin vers le centre-ville, en s'engageant dans une rue bordée de champs cultivés. Camélia s'étonne encore de la douceur du climat quand elle aperçoit de magnifiques palmiers dépasser des haies de jardins bretons. Dans la rue de Kerrom, Augusta, très concentrée sur la route, espère ne pas avoir à croiser d'autres voitures, pendant que sa belle-fille profite de la végétation qui se fait tout à coup plus dense, limitant la visibilité, se refermant sur elles comme un cocon vert. *Au pied de ces fougères, je jurerais avoir vu des mûres. Je reviendrai demain pour vérifier. Oh, une bonne gelée de mûres encore tiède qu'on vient de retirer du feu...* Puis, de nouveau, la lumière revient, les arbres ne bordant plus le chemin. Au-dessus de la voiture, le soleil rougit, et les quelques nuages présents avancent à toute allure. Plus loin, en contrebas, la mer couleur perle grise scintille sous les derniers éclats de la journée. Des arbres, encore, et Augusta serre de nouveau les doigts. *Pourvu qu'il n'y ait pas une autre auto en sens inverse...* Elle relâche sa propre prise quand elles arrivent aux habitations qui précèdent l'arrivée en ville. Bientôt les villas typées années 1970 laissent la place aux demeures plus anciennes. Après quatre ans, Camélia est toujours aussi éprise de ce nouveau lieu de vie, de ces jolies petites maisons en pierre aux toits d'ardoise, aux fleurs qui tapissent certains murets quand elles n'en débordent pas carrément.

Sur la place du marché, leur voiture ne croise qu'un camping-car et deux joggeurs. Elles tournent ensuite autour de la cathédrale dont les grandes flèches veillent sur le centre historique depuis plusieurs siècles. L'engin motorisé glisse sur les pavés en rosace, presque sans un bruit. Enfin, un peu de vie ! Aux terrasses des cafés ou attendant auprès des devantures des restaurants, des personnes profitent d'un verre entre amis pendant que d'autres lisent les cartes des menus affichées au pied des établissements. Camélia agite la main lorsqu'elle croise Yvonne, son ancienne voisine, qui a vendu sa ferme l'an passé afin de se trouver un petit logement au centre de la ville, plus pratique quand on a quatre-vingts ans passés. En compagnie de Crapule, son fox-terrier, elle observe les passants, les hordes de touristes, avec le même intérêt que si elle visitait un zoo. Camélia, qu'elle n'a pas vue, l'entend presque disserter sur les shorts trop courts, les jeans trop troués et les verres de Coca que certains ont l'outrecuidance de préférer à une bonne bolée de cidre. Toujours le même discours, jamais prononcé avec méchanceté. Quand elle rencontre une autre de ses amies du club de bridge, Yvonne sourit et son beau brushing blanc s'agite en même temps que les mots sortent de sa bouche en un débit faramineux, ricochant ensuite sur le granite et les fenêtres à carreaux blancs…

Après l'autre édifice gothique, la chapelle du Kreisker, Augusta tourne à gauche. Au début, Camélia s'étonnait que la Bretagne, dernière place forte de la résistance face à l'arrivée du christianisme, soit devenue si croyante, ne recensant plus le nombre de constructions religieuses. Arthur lui avait expliqué que sous couvert d'accueillir la foi chrétienne, bon nombre de Bretons avaient conservé leurs propres dieux païens, tout en leur faisant prendre les noms et les habits des saints chrétiens. Même si dernièrement, cette ancienne ferveur celtique s'était un peu perdue, les jeunes tentaient de renouer avec ces racines des temps immémoriaux. Camélia voyait parfois ce qu'elle considérait comme des offrandes fleurir au pied de menhirs, lors d'une balade à vélo.

Quand elles passent devant les huisseries vert pâle de l'ancienne auberge, Camélia salive en pensant au tartare de Saint-Jacques, aux tendres cœurs d'artichaut, ou à la sphère de pamplemousse et son granité au champagne. Enfin, Augusta trouve une place où se garer. Les deux femmes sortent de la voiture, s'emparent des bouquets que la septuagénaire a regroupés un peu plus tôt, et poussent les grilles en fer à l'entrée du cimetière. Camélia a toujours eu des difficultés à se repérer au milieu de toutes ces tombes identiques et suit généralement la personne qui l'accompagne, en principe Arthur, ici Augusta. Elles marchent entre les différents monuments, puis bifurquent dans une énième allée juste après avoir dépassé l'ossuaire aux quatre niches.

La mère d'Arthur se courbe auprès d'une première tombe, tout en sobriété : celle d'Anna et de Faustin. Une bourrasque balaie alors la petite ville côtière, faisant gonfler la robe de Camélia. Augusta, jusque-là accroupie, se relève d'un coup. La tête légèrement inclinée vers l'arrière, le nez retroussé, comme un chien qui renifle l'odeur appétissante d'un poulet rôti, elle hume l'air. Elle s'approche de plus en plus de Camélia, jusqu'à nicher son appendice nasal au creux du cou de sa belle-fille, provoquant un mouvement de recul chez la jeune femme.

—Mais enfin, Augusta ! Qu'est-ce qui vous prend ?

—Ce parfum… Oh, ce parfum…

Augusta, d'ordinaire dans la retenue, prend Camélia dans ses bras et sent encore une fois le nouveau et délicat parfum imprégnant les cheveux de sa belle-fille :

—Cette senteur, c'est drôle…

Je sais qu'une odeur a la particularité de nous faire voyager, d'éveiller certains sentiments, ou même de réveiller des souvenirs, mais je ne pensais pas qu'on pouvait en qualifier une de « drôle ». Suis-je une comique qui s'ignore ?

Camélia roule des yeux, essayant vainement de comprendre la cause du comportement inhabituel de sa belle-mère, cette dernière étant tout entière livrée à son odorat, les paupières mi-closes, comme si elle tentait de profiter au maximum de ce dont son nez l'informe. Comme si elle ne voulait pas que ses autres sens entrent en jeu, pour ne pas la brouiller ou la déconcentrer. Augusta a déjà senti cette fragrance quelque part, elle en est sûre. Elle cherche donc dans les tréfonds de sa mémoire. Elle est rattachée à un souvenir heureux, agréable, apaisant. Une odeur de son enfance. Non, pas celle des vacances en colonie. Pas celle non plus des effluves qui se répandaient dans la cuisine, lorsque la famille avait passé l'après-midi à tester deux ou trois recettes différentes de madeleines. Non, ce parfum subtil et réconfortant, elle l'a dans la tête depuis toujours. Enfin, elle le trouve, elle le rattache, le reconnaît. Elle s'écarte d'une vingtaine de centimètres de la source des senteurs florales et plante ses yeux dans ceux de la femme de son fils :

— C'est l'odeur de ma mère quand j'étais enfant.

— Pardon ? demande l'autre.

— Tu portes le parfum de ma mère.

Camélia demeure les yeux écarquillés, certaine d'avoir mal compris. Augusta flotte dans ses souvenirs :

— Jusqu'à mes dix ou peut-être douze ans, ma mère portait ce parfum que tu as aujourd'hui. Pendant des années, j'ai tenté de le retrouver, pour m'offrir un voyage en enfance. Maman m'avait dit que c'était inutile, qu'elle avait cessé de le porter quand la maison avait fait faillite et qu'il n'avait plus été commercialisé. Et voilà qu'aujourd'hui, tu sens ce merveilleux parfum… Où l'as-tu trouvé ? Il faut que j'aille m'en acheter plusieurs flacons !

— Nulle part, répond Camélia, prise de court. Je l'ai conçu moi-même.

— Ce n'est pas possible… Comment as-tu eu l'idée de ce parfum ? insiste Augusta qui n'en revient toujours pas d'avoir enfin mis la main sur l'objet de sa quête personnelle.

— Je l'ai rêvé… Régulièrement, cette odeur me sortait de mes rêves ou de mes songes. J'ai tenté de nombreuses formules, sans succès. Jusqu'à ce que je comprenne qu'il manquait une infime goutte de muguet…

La fille d'Anna ferme de nouveaux les yeux pour profiter d'une énième inspiration.

—Cela vous ferait-il plaisir que je vous en fasse un flacon ?

—Non, ma petite. Fabrique-m'en un bidon !

Ensuite, toujours entre deux rives – faisant des allers-retours entre ses dix ans et ses soixante-dix-neuf ans –, pendant qu'elle envoie Camélia chercher un arrosoir d'eau à l'entrée, Augusta fait en sorte d'envoyer valser les graviers qui sont venus se perdre sur la pierre, puis arrache deux gros pieds de pissenlit qui avaient poussé durant l'été au pied du soubassement. Sa belle-fille revient – des questions plein la tête sur son nouveau parfum : en définitive, est-ce sa création ? – et verse l'eau communale dans le gros pot placé sur le prie-Dieu en granite, avant de disposer joliment le premier bouquet, formé à partir du contenu de quatre des vases du mariage. Augusta finit de s'adresser à ses parents en pensée, avant de tapoter la pierre, puis de passer à une autre tombe en compagnie de Camélia.

Elles répètent le même schéma auprès de la sépulture d'une cousine au second degré, fille du cousin germain de Faustin, puis du grand-père Alphonse. Pour finir, elles font encore quelques pas avant d'arriver à côté de la dernière tombe à visiter en ce jour : celle des parents d'Anna. Quand elle aperçoit la longue jardinière renversée au pied de la stèle, Augusta s'émeut :

—Je ne m'y suis pas rendue des vacances. Je m'en veux, j'aurais dû venir après la tempête de juillet… Heureusement, je crois que la fonte de la vieille jardinière n'est pas fendue.

Rapidement, elle inspecte l'ancien matériau, sans rien relever de suspect. La jardinière ne contient plus de terre depuis belle lurette, troquée contre trois pots sobres en verre, plus commodes pour accueillir les fleurs fraîches des visiteurs. Eux aussi sont indemnes, note Camélia, sinon elle aurait dû retourner chez elle pour quérir des grands pots à confiture afin de les remplacer.

—Camélia, veux-tu te placer de l'autre côté et m'aider à redresser la jardinière contre la stèle, s'il te plaît ? Il n'y a rien de plus lourd que la fonte, rien de plus fragile non plus : fais bien attention.

Camélia fait le tour du monument funéraire et, alors qu'elle attrape le côté droit de la jardinière, elle interrompt son geste. De ses deux mains, elle se met à arracher le lierre qui poussait derrière, puis frotte vivement la pierre rêche à la base de la stèle, ce qui lui griffe les paumes.

Elle n'en croit pas ses yeux et doit attendre qu'Augusta – penchée vers la jardinière, les fesses en l'air – se redresse pour pointer, sans un mot, une petite inscription tracée maladroitement dans la pierre auparavant cachée par le pot de fleurs tout en longueur. Un mot. Ou plutôt, un nom. Aela. À qui Anna n'a jamais pu se résoudre à dire adieu…

Le 10 juillet 1936,
Ma chère Aela,
Aujourd'hui est un jour particulier. À dire vrai, je crois que je ne pourrai jamais oublier cette matinée d'avril. Même lorsque je serai très âgée, je reverrai la scène comme elle s'est déroulée, avec les mêmes détails, la même justesse. Et je percevrai chaque émotion, chaque frisson, avec les sensations intactes, tout comme si je pouvais revivre cette matinée de juillet à l'infini. Dans ma chair, dans mon âme. Papa sera debout, la main posée sur le marbre de la cheminée, et maman assise, sur la banquette Louis XV. J'apercevrai un papa emprunté et une maman au bord du malaise. Je ressentirai leur gêne et leur douleur dans la façon qu'ils ont de me regarder, et leur manque d'assurance et gaucherie, dans le choix de leurs mots pour ne pas me troubler, me blesser. Je sentirai la main de Joséphine attraper doucement la mienne, et ses doigts glisser dans ma paume, aussi doucement qu'un oisillon viendrait trouver refuge dans la chaleur et le réconfort de ma main.

Aujourd'hui est un jour si particulier, ma chère Aela, en cela qu'il m'a permis de te rencontrer, de faire ta connaissance et enfin de comprendre le lien ténu qui existe entre nous. Derrière la pudeur du langage, j'ai compris que nous étions deux dans le ventre de maman et qu'elle a accouché de nous deux sur la route, pendant le déménagement. Deux petits corps, mais un seul cœur qui bat.
Après l'annonce troublante, je suis revenue dans ma chambre. Durant quelques minutes, je suis restée sans parler, sans bouger, et j'ai compris. J'ai compris que je t'avais toujours connue, même sans le savoir. Que j'avais toujours ressenti ta présence, même sans te voir.
Et puis... J'ai aussi pensé à tout ce que je vais avoir la chance de faire, de voir et de vivre, aux larmes que je verserai et aux sourires qui se dessineront sur mon visage. Cette chance que tu n'auras pas... Cela m'a rendue très triste jusqu'à ce que je réfléchisse au fait que tu pourrais tout de même les expérimenter à travers moi.
Aujourd'hui, en ce premier jour de cette nouvelle vie, je te fais la promesse solennelle que, sans peur ni retenue, je vivrai pour deux. Toutes les expériences, tous les voyages, je les ferai deux fois. Non, mieux, je les vivrai deux fois plus intensément. Parce qu'aujourd'hui est un jour neuf. Et si ma conduite par le passé a mené nos parents à se lamenter de ne pas avoir une petite fille

modèle, cela n'est rien par rapport à ce qui les attend ! (Tu comprends, je devrai également faire des bêtises pour nous deux...)
Après treize années d'errance l'une sans l'autre, ou plutôt toi sans moi car je suis persuadée que tu ne m'as jamais quittée, je t'en promets cent autres de liberté, d'insouciance et de joie. Après alors, seulement après, nous serons bien aise de nous retrouver et nous danserons sous le grand cèdre, bras dessus, bras dessous, les oreilles habillées des derniers fruits du cerisier.
Dans la maison, j'entends que l'on m'appelle.
Je te laisse avec mille baisers sans jamais te dire adieu,
À jamais à toi,
À jamais en moi,
Ta petite Anna

ÉPILOGUE

Au printemps suivant...

Camélia angoisse, même si elle sait que tout est prêt. Elle a passé des semaines à tout vérifier, revérifier… quand elle ne jetait pas carrément le plan établi de la soirée aux oubliettes pour finalement tout recommencer. Au moins, cette expérience a pour mérite de lui avoir donné l'occasion de tester l'amour et la patience de ses proches depuis l'automne dernier. D'Anna, excepté son goût immodéré du bonheur de la vie, Camélia a aussi appris à oser. Oser vivre sa vie et ses envies, se relever des épreuves, c'est bien là l'enseignement qu'elle tire des écrits de la grand-mère.

Debout, sur le toit en terrasse qui domine Paris et ses avenues tracées au cordeau, elle se tord les doigts, se servant parfois du tissu de son vêtement comme d'une serviette sur laquelle essuyer ses mains moites. Ce soir, c'est son soir. Pas celui d'une vie, pas même celui duquel dépendra son bonheur futur de femme, d'épouse ou de maman. Non, c'est la chance qu'elle attend pour briller en tant que nez. Adieu les contrats sans gros enjeu ou les propositions peu alléchantes ou on ne peut plus stressantes. Maintenant, son entreprise passe du *free-lance* pour des autres sociétés à la création de sa propre maison de parfumerie. En bref, des gazouillis dans le nid au vol en solo. *Camélia, ouvre bien tes ailes...*

Elle inspecte une dernière fois les nappes, bien blanches, fraîchement repassées, qui habillent les différentes petites tables dispersées au grand air. En longeant le buffet de verrines et de macarons avant de déboucher sur le bar, elle passe ses doigts sur la longue table garnie. Juste un instant, pour vérifier qu'elle ne dort pas, que tout est bien réel.

Elle fait attention à ne pas trébucher lorsqu'elle franchit les immenses baies vitrées qui la conduisent du *roof-top* au hall d'accueil. Les portes des ascenseurs commenceront à faire déferler les invités d'ici moins de cinq minutes. *Comme c'est idiot d'avoir le trac alors que cela ne changera rien. Les invitations sont parties, la publicité est payée, tout comme cette faramineuse soirée, et les parfums sont déjà mis en bouteille... Décidemment, mon horloge interne devrait être remontée : mes réactions ont tendance à intervenir au mauvais moment.* Une dernière vérification des petits sacs cadeau en papier gris gaufré, savamment alignés, qui attendent également les invités, et Camélia retourne profiter des rayons du soleil printanier et de l'effervescence de la ville qui se déroule à ses pieds. Penchée au-dessus du garde-corps, elle aimerait que son stress s'évanouisse, tout comme cette petite auto à laquelle un malotru vient de griller la priorité, et qui file désormais dans des rues inconnues.

Elle ne remarque plus le ballet des serveurs dans son dos, occupée qu'elle est à suivre du regard un chien qui tire très fort sur sa laisse, risquant d'envoyer sa frêle maîtresse dans le caniveau à chacune de ses embardées. *Peut-être est-ce un présage ? Tous les membres de notre famille ont voulu participer au lancement de ma maison et je vais leur faire perdre leurs économies...*

Depuis quelques mois, Camélia est enfin redevenue plus sereine, même si Arthur joue toujours les absents à mi-temps. En septembre dernier, ils ont pris la décision de faire appel à Rachel, une fille au pair qui seconde la famille au quotidien et que les jumelles affectionnent particulièrement. Épaulée par cette étudiante anglaise dans sa vie privée, secondée par des personnes de confiance dans sa vie professionnelle, Camélia respire enfin. Mieux, elle prend le temps de respirer. Elle a compris qu'accepter de se faire aider n'est pas un aveu de faiblesse, mais lui permet au contraire d'être la meilleure version d'elle-même.

Une claque s'abat entre ses omoplates, la faisant sursauter.

— Tu es complètement dingue ! Tu veux me tuer ou quoi ? s'écrie-t-elle, la main contre son cœur.

— Mes intentions sont à ce point limpides ?

Sa cousine affiche un sourire étincelant. Les cheveux coupés à la garçonne et décolorés en blanc font ressortir la couleur de ses iris. Elle n'a jamais paru aussi jeune et radieuse. *S'éloigner des rédactions lui semble profitable.*

— Je n'arrivais pas à me décider entre l'attaque cardiaque et te pousser par-dessus bord. Et puis, j'ai pensé : « Allons bon, faisons d'une pierre deux coups ! »

— Ma pauvre amie… Un jour, il faudra que tu entreprennes de grandir un peu, la sermonne Camélia.

— Oui, mais pas aujourd'hui, je n'ai pas le temps : les invités commencent à arriver.

J'ai l'estomac qui fait des saltos…

— Tu as vu les jumeaux ?

— Ils draguent deux des petites serveuses du traiteur.

— Où sont Arthur et les filles ?

— Avec tes parents, tout en bas de l'immeuble. Apparemment, une de tes filles – je me tairai quant à son identité – a voulu jouer à cache-cache dans un des grands bacs végétaux de l'entrée… et l'a renversé. Il y a du terreau et des billes d'argile partout sur le sol en marbre.

— Oh non…

— Pas de panique, Rachel est sur le coup. Et dis-toi que si tes invités se cassent la figure avant même d'avoir pu accéder au cocktail, ta soirée de lancement restera dans les annales !

Si seulement cela pouvait être pour autre chose qu'une cascade liée à l'une des frasques d'Anna.

Le trac de Camélia prend fin lorsqu'elle serre les premières mains. Elle rencontre des acteurs du monde de la mode, des cosmétiques, de la presse… Certains sont là uniquement en qualité de mécènes, potentiels investisseurs providentiels. Injecter plus de fonds dans son capital permettrait à son entreprise de parfumerie de pouvoir rapidement investir une plus grande part de marché, et elle le sait.

Entre deux présentations, elle file vers la barmaid qui lui sert une coupe de champagne, qu'elle avale presque d'une traite. Ses parents et son mari se joignent bientôt à elle.

—Qu'il fait chaud en ce début avril..., se plaint Annie qui utilise une plaquette de présentation comme éventail.

Autour de Camélia, les invités semblent apprécier la décoration campagne chic pour laquelle elle a opté, les pots de narcisses et de tulipes, les grappes de clochettes des muscaris... Même sa robe est dans des tonalités saisonnières, un coton satiné blanc duquel se détachent des broderies florales.

Au loin, elle remarque Augusta qui agite sa main pour lui faire coucou avant de la rejoindre, suivie par Rachel.

—Bravo, Camélia ! Cette soirée est vraiment une réussite, la félicite sa belle-mère.

—*Yes, it's amazing !* renchérit la jeune fille au pair.

La jeune entrepreneure sourit de toutes ses dents.

—Et je pense que, comme attachée de presse, tu ne pouvais pas trouver mieux, ajoute son père.

Camélia guette Maëlle faisant la promotion des jus à deux journalistes dépêchées par un grand magazine féminin.

—Oui, je crois avoir fait le bon choix, déclare Camélia avec un air entendu.

— J'ai même perçu des petites jeunes employer des termes élogieux pour parler de tes deux parfums.

Augusta lui fait un discret signe de tête en direction de deux filles, la vingtaine à tout casser. Blouson doré en cuir sur une robe noire pour la première, et un sac à dos en forme de peluche géante, large décolleté orné de dizaines de colliers pour la seconde. Elles sont en pleine conversation avec la nouvelle directrice marketing de son entreprise. Une jeune femme très prometteuse qui connaît déjà l'univers des maisons de luxe, une certaine Agathe Thomasini…

— Elles ? Tant mieux, ce sont des influenceuses, se réjouit Camélia.

Annie et Augusta se dévisagent sans comprendre, mais font quand même un signe de tête entendu.

— Au fait, Annie. Quel parfum préférez-vous ? s'enquiert Arthur, en gendre attentionné.

— Pour l'instant, je n'ai pas eu l'honneur de pouvoir les sentir.

— C'est vrai ? Oh maman, je ne pense vraiment à rien ! Viens avec moi, je vais tout de suite réparer mon erreur, s'excuse Cami.

Tous ses proches la suivent jusqu'au pied d'un des guéridons sur lequel trônent deux flacons en verre sobre. À peine la petite assemblée a-t-elle le temps de les découvrir que deux petites tornades se jettent dans leurs jambes, suivies par leurs deux grands frères.

— Les deux sont des odes aux accords floraux, avec quelques différences néanmoins. Celui-ci est frais, léger. Un parfum sage et intemporel qui réchauffe l'âme en douceur, avec une pointe d'ambre et des feuilles d'oranger.

Camélia parfume les poignets droits de chacun de ces invités si chers à son cœur avec le premier flacon, avant de faire de même avec le second.

—Celui-là possède un côté plus mutin qui parsème des notes de muguet et d'abricot dans son sillage, explique-t-elle en échangeant un sourire de connivence avec sa belle-mère.

Sur les bouteilles, seule la couleur des étiquettes et des bouchons diffère – une aux accents blancs, l'autre aux tonalités grises –, tout comme les noms des jus. Sous la nouvelle marque « Maison Le Guell », les noms des parfums semblent tout indiqués. L'un porte l'appellation « Anna », l'autre, « Aela »... Camélia est ravie d'avoir pu s'approprier, d'une certaine façon, une ancienne fragrance pour en créer deux nouvelles, différentes mais complémentaires, conjuguant passé et modernité. Des parfums de bonheur.

Le 24 mai 2018,
Ma chère Aela,
Cela fait un moment que je n'ai pas pris la plume pour te parler. J'en suis navrée, mais c'est parce que je suis fort occupée. Oui, tu as bien lu. À mon âge, c'est bien ce que j'ai écrit : je suis occupée.
Tu sais déjà qu'Augusta m'a trouvé une nouvelle dame de compagnie. Enfin une que j'affectionne. Je lui ai peut-être mené la vie un peu dure au début, mais j'aime voir de quel bois sont faits ceux qui me côtoient. Elle veut donner l'impression de quelqu'un de fort, comme du hêtre, mais à l'intérieur, elle est tendre comme du pin maritime. Non, comme un camélia.
Pour commencer, grâce à elle, je n'ai plus à supporter l'horrible cuisine de madame Chesnais. Hourra ! Elle me mitonne de savoureux petits plats, me faisant renouer avec les joies du palais. Et ce n'est pas seulement cela. Je ne sais pas comment elle s'y est pris, mais cette petite branche de Camélia a remis des couleurs dans ma vie... autant que dans mon assiette. L'autre jour, elle m'a fait rôtir du miel sur du melon, avec une pointe

de basilic. Quel délice ! D'autant que nous avons savouré ce dessert dans le jardin, à la faveur d'un début de soirée étoilée, profitant du chant des grillons. Je me rappelle de ce que Gwenola, la cuisinière, leur susurrait, quand j'étais petite :

Guersillon,
Viens dans ma maison ;
Chante ta petite chanson,
Et répands ta bénédiction.

Des fois, je me dis que je devrais être moins gourmande, surtout que j'ai repris un peu de chair sur les hanches, depuis que cette petite Camélia s'est installée chez moi. Je me rappelle par la suite que, de toute façon, cela fait belle lurette que je ne me mets plus en maillot de bain. Et le goût du bonheur n'a pas de prix. Sans compter qu'il n'y a encore pas si longtemps, je faisais mon baptême en parachute. Si je n'ai pas eu peur d'un saut dans le vide, je ne vais tout de même pas craindre des brioches bien gonflées ou des chaussons aux pommes !
Avec Camélia, nous avons également mis en place quelques rituels qui ponctuent notre quotidien. Je sens que cela lui fait autant de bien qu'à moi. Promenade en bord de mer le matin, causette autour d'un thé l'après-midi. Je lui ai même fait regarder Casablanca qu'elle ne connaissait pas !

Comment peut-on se dire cinéphile quand on n'a jamais profité du tandem Bogart-Bergman ?
Il y a des jours où nous ne parlons presque pas. Et dans ce cas, même nos silences sont réconfortants. Notre rencontre nous a permis de nous réveiller mutuellement à la vie, comme la nature en hiver, qui a tendance à oublier qu'un beau jour revient le printemps.
Elle vient tout juste de quitter ma chambre, pensant que je m'endormais. Je ne pouvais décemment pas finir cette belle journée sans passer un moment avec toi. Aujourd'hui, c'est le 24 mai, tu n'as pas oublié ? Oui, encore après toutes ces années, je continue de penser à lui, comme Faustin me l'avait permis. Vois-tu, Camélia est la première dame de compagnie à qui je me confie avec autant de facilité. Elle est du genre à écouter, sans juger. Pourtant, je ne me vois pas lui parler de toi, toi que j'ai cachée à tant de monde déjà, sauf à Faustin. Mais lui, il avait un statut à part, tu le sais bien. Alors oui, la pudeur de côté, j'ai conté à cette presque inconnue la façon dont une jeune Bretonne avait vu ses certitudes balayées lorsqu'elle avait croisé la route d'un beau soldat aux yeux bleu marine, couleur de mers profondes dans les eaux desquelles il s'était perdu. Je lui ai même avoué, pour Augusta, mais je crois que cette petite jeune l'avait déjà deviné...
Arthur est finalement venu nous rejoindre durant le repas de famille. Et quand leurs regards se

sont croisés, je me suis vue, près de quatre-vingts ans plus tôt, en tenue d'infirmière dans un hôpital écossais face à un homme pour qui mon cœur s'emballerait à tout jamais. Je ne sais pas s'ils se rendent compte de la chance que la vie leur donne, ces deux-là. J'espère qu'ils ne la laisseront pas passer : on ne doit jamais tourner le dos au bonheur, ni par peur, ni par orgueil.

Tandis que je saisis cette lettre une dernière fois pour la relire, je vois mes mains. Je ne prenais plus trop le temps de les regarder, ces derniers mois. Elles sont si minces, tout comme ma peau devenue si pâle, au contraire de mes veines, dont le bleu s'est intensifié. Malgré tout, je sens la force et la vigueur qu'elles dissimulent encore. J'aimerais qu'en ce moment, elles puissent serrer les tiennes, pendant que nous serions attablées devant un bon verre de chouchenn, en train de regarder et de profiter de ces vies qui passent. Je te dirais une sottise, tu me répondrais que ce n'est plus de mon âge, et nous ririons de bon cœur, comme des enfants heureux du dernier jour de classe.

Je te laisse avec mille baisers sans jamais te dire adieu,

À jamais à toi,

À jamais en moi,

Ta petite Anna

REMERCIEMENTS

Aux miens, toujours, en premier. Pour leur amour, leur soutien, leur franchise et leur relecture attentive…

À toute l'équipe des éditions City, pour avoir souhaité revoir Camélia franchir de nouveaux obstacles, et Anna lui inspirer sérénité et bravoure pour l'y aider.

À l'artiste Emma, pour avoir si bien illustré le concept de charge mentale, et avoir ainsi permis de faire connaître et comprendre ce terme aux femmes, comme aux hommes. « Vos bulles » sur Emmaclit.com m'ont aidée à trouver des exemples concrets, pour étayer les propos de Camélia… Et de même à Coline, de la page « T'as pensé à ? », pour les témoignages partagés.

Aux libraires, qui ont accepté d'accueillir mon livre sur leurs étagères.

Aux Bretons qui ont gentiment relayé l'information sur la sortie de mon précédent roman, et notamment au service culturel de Saint-Pol-de-Léon.

À vous, lectrices et lecteurs, qui avez décidé de vous accorder une pause en compagnie de